KB189913

마흔 에세이를 써야 할 시간

마흔 에세이를 써야 할 시간

초판 인쇄 | 2024.10.15
초판 발행 | 2024.10.15

지은이 | 변은혜
디자인 | 사라
발행인 | 변은혜
발행처 | 책마음

출판 등록 | 2023.01.04 (제 2023-1호)
주 소 | 원주시 서원대로 427, 203-1401
전 화 | 010-2368-5823
이메일 | book_maum@naver.com

값 16,800원
ISBN | 979-11-989368-1-3 (03800)

마흔 에세이를 써야 할 시간

변은혜

책마음

∽

프롤로그

에세이 쓰기 좋은 날

다양한 장르의 책을 수십년 읽어왔습니다. 20대는 신앙과 심리 관련 도서를, 30대는 여성과 육아, 사회과학 도서를, 40대는 장르를 가리지 않고 닥치는 대로 읽었습니다. 그러나 유독 잘 읽지 않은 분야가 하나 있었는데요. 바로 에세이입니다. 20대부터 딱딱하고, 분석하며 읽어야 할 책들을 읽어와서인지, 에세이는 왠지 가볍고 읽을만한 가치가 없어 보였습니다.

그러다가 마흔이 넘은 어느 날, 한 글쓰기 모임에 참여했습니다. 참여하고 보니 강사가 40년 경험을 가진 수필가셨고요. 수필 강의 후, 글을 쓰고 합평하는 모임이었습니다. 매시간 짧은 강의와 써 온 학우들의 글을 낭독하고 피드백해 주셨습니다. 저는 제 이야기를 30여 명 가까이 되는 사람들 앞에 드러내기가 익숙치 않아, 학기가 끝날 때까지 글을 내지 않았습니다. 그러다가 수필을 모아 책으로 엮어 준다는 소식을 듣고, 부랴부랴 세 편의 수필을 냈습니다. 쓰고자 하니 써지더라고요.

제 독서 이력은 20대부터 본격적으로 시작되었지만, 저의 본격적인 글쓰기는 마흔이 넘어 쓴 에세이였습니다. 에세이라는 장르를 독서가 아닌 글쓰기에서 처음 접하면서 점차 매력에 빠져들었습니다. 함께 책을 출간하는 공동 저서 프로젝트도 에세이 쓰기입니다. 짧은 시간에 여러 권의 에세이 작업을 할 수 있었던 이유는 다양한 사람의 이야기를 읽는 재미에 빠져들었기 때문입니다. 글이 이어주는 연결과 연대는 말보다 섬세하고 색다른 맛이었습니다.

수필에는 경수필과 중수필이 있는데요. 경수필은 일상을 소재로 가볍게 쓴 글입니다. 개인적 감정과 정서가 중심이 됩니다. 반편 중수필은 일반적이고도 보편적인 문제에서 소재를 찾는 무거운 수필입니다. 중수필은 개인적 경험보다 작가의 철학과 사상이 드러납니다. 경수필이 주관적인 데 반해 중수필은 객관적인 거죠. 수필이 동양적 이름이라면, 에세이는 서양적 이름입니다.

프랑스의 미셸 몽테뉴(1533-1592)는 자신의 저작물에 'les essais'라 붙입니다. 그는 유유자적하며, 인생과 사회, 자연을 관조하고, 독서의 세계에서 얻은 경험을 토대로 마음속에 고이는 생각들을 그때그때 씁니다. 프란시스 베이컨(1561~1626)는 영국에서 에세이의 아버지로 불리우는데요. 'The Essays'를 간행합니다. 시사적으로 쓴 짧은 비망록입니다.

수필과 에세이는 다른 문화권에서 자생된 같은 장르라고 보면 됩니다. 우리가 쉽게 읽고 쓰는 에세이는 개인적인 경험을 소재로 한 글쓰기가 주를 이룹니다.

에세이의 소재와 형식에는 한계가 없습니다. 《에세이즘》이라는 책에서 마이클 햄버거의 말을 인용하는데요. 그는 이렇게 말합니다. “에세이는 형식이 아니며, 그 어떤 형식도 갖지 않는다. 에세이는 에세이의 규칙을 창조하는 게임이다.”

버지니아 울프는 에세이스트에 관해 “무한히 작은 것을 상상할 수 있는”. “있는 듯 없는 듯한 것을 치밀하게 감지”하는 작가라고 이야기합니다.

에세이는 소재도 형식도 자유롭습니다. 아무것도 아닌 듯한 일상의 작은 것을 치밀하게 감지해, 작가의 노트에 올려놓는다면 어느새 한 편의 글이 차려져 있을 거예요.

에세이는 ‘나’에게서 시작합니다. ‘나’가 직접 드러나지 않아도 각 소재를 통과한 ‘나’의 시선과 관점이 담깁니다. ‘나’를 통과하지 않은 글은 없습니다. 그래서 모든 글쓰기는 큰 범위에서 보자면 모두 에세이가 아닐까 합니다.

긴 인생의 여정에서 마흔은 아직 젊지만, 공부와 일, 결혼과 육아라는 삶의 굵직한 굴곡을 넘어서는 시기입니다. 어제를 씻고, 오늘을 점검하고, 내일을 기약해 봐야 할 시점이고요. 에세이는 이를 도와줄 거예요. 모든 날이 에세이가 될 수 있습니다. 비가 오는 날도, 흐린 날도, 햇볕이 쨍장한 날도 에세이 쓰기 좋은 날입니다.

마흔에 피어난 나의 목소리를 에세이로 기록해 보세요!

변은혜

목차

2장 글쓰기 저항감 100% 줄이기

3장 끌리는 에세이를 위한 글쓰기 기술

4장 기왕이면 책출간

늘 해 같은 사람이 늘 부러웠습니다. 제게 드리워진 슬픔과 절망의 그림자를 걷어 내는 데 참 오랜 시간이 걸렸습니다. 이제 제 안에 밝은 태양이 가득합니다. 모든 '척'을 내려놓고, 슬픔도, 절망도 끌어안기가 그 시작이었습니다.

1장

내 삶을 쓰는 희열

내 삶을 변주하는 일

> 이게 고전이구나! 고전은 벽장에 모셔두고 기리는 작품이 아니라 일상에서 누구나 쉽게 접하고 사용하는 작품이구나. 오래되어 가치와 역사를 지닌 것, 사람들이 공공재처럼 사용하고 누리는 것, 예술가들에 의해 끊임없이 변주되어 재탄생하는 것이 진정한 고전이다. _박연준

에세이는 내 삶을 소재로 합니다. 일기도 내 삶을 쓰지만, 에세이는 독자를 생각하고 읽기 쉽게 쓴 편집된 글쓰기라 할 수 있습니다. 내 삶이기에 쉬울 수도 있고 어려울 수도 있습니다. '내'가 소재이기에 따로 많은 연구가 필요하지 않기에 쉽습니다. 반면 나를 드러내야 하기에 어렵기도 합니다.

제가 아는 한 국문학 출신의 지인은 '나'를 드러내기 싫어 자신은 소설만 쓴다는 분이 계셨어요. 반면 시인이나 소설가가 책쓰기 클래스에서 처음 에세이를 쓰면서 그 가치와 매력에 빠져든 분들도 계십니다.

박연준은 《듣는 사람》이라는 책에서 고전의 가치에 관해서 이야기합니다. 고전은 "읽어도 닳지 않는 책", "오랫동안 사람들 입에 오르내려도 소문을 듣고 커다래지는 책"이라고 말하지요. 고전은 보통 어떤 것이 등장한 이후로 대략 100년 정도의 시간은 지나야 고전으로 인정되는데요.

100세 시대를 살아가는 요즘입니다. 미래에는 120세. 150세 산다고 말하기도 하지요. '벽장에 모셔두고 기리'는 일기가 아닌 에세이는 '일상에서 누구나 쉽게 접하고 사용'하는 글쓰기입니다. 삶이 주어진 이상, 우리 모두 '나'라는 삶을 성실히, 그리고 섬세하게 조각해야 하는 내 삶의 예술가들입니다. 이 삶은 누가 대신 작업해 주지 않습니다. '나'만이 할 수 있는, 그리고 해야만 하는 고유한 일입니다. 100년, 때론 그 이상이 될 수도 있는 생입니다. '나' 쓰기는 '닳지 않는 책'을 쓰는 입니다. 끊임없이 변주되어 재탄생하는 내 삶의 고전, 에세이를 써 보시기를 바랍니다.

소명 듣기

> 소명은 내가 들어야 할 내면의 부름의 소리이다. 내가 살아가면서 이루고 싶은 일이 무엇인지를 말하기에 앞서, 내가 어떤 존재인지를 말해 주는 내 인생의 목소리에 귀 기울여야만 한다. _파커팔머

교사들의 교사라 불리는 파커 팔머는 《삶이 내게 말을 걸어올 때》에서 소명에 대해 이렇게 정의합니다.

"소명은 의지에서 나오는 것이 아니다. 그것은 듣는 데서 출발한다." 라고.

소명의 어원 안에는 '목소리'라는 뜻이 담겨 있는데요. 파커는 소명은 밖에서 주어지는 것이 아니라 이미 우리 안에 주어져 있는 선물이라고 말합니다, 그렇다면 이를 알기 위해 우리가 할 일은 자기 안에 귀를 기울이는 것뿐입니다.

"나는 내 소명대로 살고 있는가?"

이 질문은 진로를 찾아가는 청소년뿐 아니라 100세 시대를 사는 어른들도 매일 던져야 할 질문입니다. 수많은 정보가 쏟아지는 사회에서 소명 찾기는 쉽지 않습니다. 늘 휩쓸리고 쫓아가다가 인생이 끝날 수도 있

습니다.

인생이 힘든 한 가지 이유는 돈과 성공을 얻지 못해서가 아니라, 밖에서 외쳐오는 수많은 목소리에 묻혀 내 안의 목소리에 온전히 집중하지 못하기 때문이 아닐까요. 내가 가장 행복하고 희열을 느끼는 지점은 오직 자기만이 알고 있습니다. 누가 그것을 대신 알려주지 못합니다.

어떤 이는 한 번 뿐인 인생이기에 함부로 살고, 어떤 이는 한 번 뿐이기에 자기 생에 대해 최선을 다합니다. 삶이라는 시간은 모두에게 공평하게 선물로 주어졌지만, 어떤 이는 그 선물을 함부로 대합니다.

생은 거저 주어지지 않았습니다. 우리 각 사람에게는 마땅히 살아야 할 삶이 있습니다. 마땅히 살아야 할 삶이 '소명'입니다. 비전, 사명, 어떤 단어로 대체해도 좋습니다. 이를 몰라 오랫동안 헤매기도 하지만, 하루 빨리 발견한다면 우리는 좀 더 즐겁고 열정적으로 삶을 대할 수 있을 것입니다.

《아티스트 웨이, 마음의 소리를 듣는 시간》의 저자 줄리아 캐머런은 40권의 이상의 책을 출간하며 많은 이들에게 어떻게 그게 가능했냐는 질문을 받습니다. 이에 대해 그녀는 '들었기' 때문이라고 답합니다.

> "글쓰기는 사실 능동적 듣기의 일종이다. 듣기를 통해 무엇을 써야 할지 알 수 있다. 그러니 쓰기는 기껏해야 받아쓰기인 셈이다. 우리 내면의 목소리, 귀 기울이면 말하는 이 목소리는 단어를 이어가며 생각의 흐름을 명료히 펼쳐낸다."

에세이 쓰기는 소명을 듣는 일입니다. 소명 찾기를 도와줍니다. 소명을 찾기 전과, 이루는 과정, 그 이후의 변화까지, 내밀한 내 안의 이야기를 집중하여 경청합니다. 소음이 가득한, 속도와 경쟁의 시대에 대부분은 듣는 일을 지루해하며 힘들어합니다. 그러나 나를 쓰고자 할 때, 우주와 신이 당신을 도와주실 겁니다.

오늘도 경험하고 지식을 얻는 모든 과정에서 '나'를 느끼고 소명(목소리)을 듣는 기록의 현장을 꼭 경험해 보세요.

---

* 내가 가장 행복하고 희열을 느끼는 일은 무엇인가요? 내가 마땅히 살아야 삶은 무엇인가요? 오늘, 지금 당신의 마음에서 들리는 소명을 적어봅니다.

말과 침묵 사이에서

침묵은 신의 언어다. 다른 모든 것은 질 낮은 번역일 뿐. _루미

글쓰기가 듣기라면, 사람들은 듣기를 왜 그토록 힘들어할까요? 듣기는 기본적으로 고요를 요구합니다. 24시간 폰과 함께 지내는 우리들에게 참 쉽지 않은 일입니다. 글쓰기는 듣기이기에 다른 소리들과 병행하기가 힘들거든요.

막스 피카르트는 1988년생으로 원래 의사였다가 기계화된 의학 사업이 스스로에게 맞지 않다고 여기고 글을 쓰기 하는데요. 그는 오늘날 모든 것이 스스로 요란한 소리를 내는 행동을 통해 살아있음을 확인하고 확인받으려는 시대라고 말합니다. 그리고 이 소음은 자유로운 사고를 억압하고 획일화된 사고를 강요하면서 끊임없이 거짓 진실을 생산해가고 있다고 덧붙입니다.

그는《침묵의 세계》에서 다음과 같이 말합니다.

"모든 글은 말과 침묵 사이에서 투쟁한 기록이다. 산문은 말에 기대고 시는 침묵에 의지해 태어난다. 좋은 글은 늘 침묵을 머금고 있다. 침묵이 없는 글은 따발총처럼 허공에 난사되어 사라질 뿐이다. 좋은 글은 읽는 사람의 덜미를 잡은 채 흐른다. 읽는 사람이 멈추고 생각하게 한다. 행간에 도사린 침묵을 독자가 누리려 하기 때문이다."

"침묵은 소리의 끊김이 아니라 소리를 끌어안고 잠시 기다리는 상태다. 아직 말해지지 않은 말이다. 침묵은 가능성이고 침착하게 오는 중인 미래다. 침묵이 없는 삶은 가난한 사람이다."

"완전한 침묵 속에서 지내본 적이 언제였던가? 틈이나 망설임 여백에 관대하지 않은 이들의 대화 속에서 침묵은 얼마나 야위였을까? 만약 꾸준히 독서하는 사람이 조금이라도 현명하다면 그 이유는 침묵 속 경청에 있을 것이다. 독서는 남의 말을 듣는 행위고 듣기는 침묵이란 의자에 앉아 있는 일이다. 타인의 생각 속에서 기다리고 머무는 일이다. 혼자 책 읽는 사람을 보라. 침묵에 둘러 싸여 얼마나 아름다운지!"

고 박경리 작가는 연세대 미래캠퍼스에서 한 강의 노트에 이런 말을 남겼습니다. "여러분들은 좀 자주 고독해보세요. 고독하지 않으면 사물을 정확하게 판단하기는 어려운 일입니다."

여기에서는 많은 이야기를 하지 않겠습니다. 이 또한 소음이 될 수 있으니깐요. 잠시 멈추어 5분 정도 침묵의 세계로 들어가보시길 바랍니다. 당신의 소명이 들리시나요?

* 5분만 모든 소음을 차단하고, 침묵해 보세요. 침묵 가운데 들려오는 소리를 적어봅니다.

개인적인,
그리고 정치적인

지난 10년을 통틀어 내가 가장 하고 싶었던 것은 정치적인 글쓰기를 예술로 만드는 일이었다. _조지오웰

에세이는 가장 개인적인 글쓰기입니다. 그러나 가장 개인적인 이야기가 가장 정치적이 될 수 있다는 말을 많이 들어보셨을 겁니다. 우리는 그런 개인적인 이야기가 나에게는 너무 익숙해서 평범하고 쓸데없다고 생각하지만, 각 사람의 이야기는 사실 시대의 문제가 촘촘히 박혀 있는 사회, 정치적 문제이기도 합니다.

현재 코칭 중인 개인 저서 책쓰기 수강생 네 명이 있습니다. 한 분은 일본 법대 교수로 실제 일본인입니다. 한 분은 아픈 아이의 지난 이야기를 기록으로 남기고 싶은 미국 거주 한국인입니다. 또 한 분은 부모 모두 청각 장애인으로 장애인 가족의 경험을 가진 분입니다. 나머지 한 분은 20년 이상 수학 강사 경력을 가진 분이십니다.

처음 한 분과 상담했을 때, 실제 일본인인 줄 알고 깜짝 놀랐습니다. 말투가 조금 낯설긴 했지만, 한국인과 의사소통하는 데 전혀 어려움이 없었기 때문입니다. 새벽 온라인 독서실에 나와서 책을 읽고 한국어로 된 문장도 단톡방에 종종 인증해 주셨기 때문에 '일본 거주 한국인'인 줄 알았습니다. 그런데 알고 보니 한국어를 하는 일본인이었고, 더 놀라운 사실은 7개 언어를 하는데, 언어 전공자가 아니라 법대 교수였습니다. 그저 좋아서 언어를 공부했다고 합니다. 온라인 한국 커뮤니티에 들어와서 많은 배움을 얻었기에 한국어로 책 출간을 원했습니다. 저는 너무 놀라 작가님의 이야기가 많은 사람에게 도전을 줄 거라고 말했더니, 반응이 의외였습니다. "저는 이런 삶이 너무 익숙해서 그저 평범한 거 같아요." 라는 것이었습니다. 그러나 이분의 이야기는 온라인으로 사방이 뚫린 세상에서의 무한한 가능성을 보여줍니다.

두 번째 수강생은 지금은 회복되었지만 10년간 아픈 아이를 간호하며 엄마로서 자기 때문이지 않나 하는 죄책감이 있었다고 합니다. 그러나 수년의 병간호를 하며 아이가 아픈 것은 엄마 탓이 아니라는 이야기를 아픈 아이를 가진 부모들에게 전하고 싶어 하셨습니다.

부모 모두 청각 장애인의 경험을 가진 한 수강생은 정말 쉽지 않은 삶을 살아오셨습니다. 우리나라에 장애 인구가 많지만, 가족 중 한 사람이 장애자인 가족 인구는 200만이 넘는다고 합니다. 그러나 장애인 가족으로서 겪는 주변인들의 무시 등 말할 수 없는 상처가 담긴 이야기가 많았습니다.

네번째 수강생은 20년 수학 강사 경력을 가진 분입니다. 수학은 입시에 매우 중요한 과목입니다. 그만큼 일찍이 수학포기자(이하 '수포자')가 된 아이들도 많습니다. 20여 년 넘게 수학을 가르치면서 수포자가 된 근본 원인에 접근합니다. 수학을 못 해서가 아니라 가르치고 배우는 과정에서 경험한 학습 경험, 그리고 그 여정에서 전해지는 압박과 불안은 아이들을 수학과 한없이 멀어지게 했습니다. 강사는 어떻게 불안을 극복하고 수학과 친해질 수 있는지 그 비법을 책에 담길 원했습니다.

지금은 수업을 마치고, 각자 열심히 원고를 쓰고 있는데요. 서로가 대신 경험할 수 없는 고유한 이야기들입니다. 그러나 각각의 이야기는 그저 개인의 이야기로만 머물지 않습니다. 저자가 문제의식을 느끼고 있든 없든, 그 시대의 문제를 모두 담고 있지요.

《나는 왜 쓰는가》로 유명한 조지오웰은 "정치적인 글쓰기를 예술로 만드는 일"을 지난 10년을 통틀어 내가 가장 하고 싶었던 일이라 말합니다.

그러나 한편으로 평화로운 시대였다면 다른 방식으로 글을 썼을지 모른다면서 오웰은 이런 시를 남겼습니다.

> 200년 전이었다면 나,
> 행복한 목사가 됐을지도 모르지.
> 영원한 심판을 설교하고

제 호두나무 자라는 모습을 즐기는,
그러나, 아, 사악한 시절에 태어나
그 좋은 안식처를 놓쳐버렸네.

전쟁과 불황이 계속되던 시기! 그의 글쓰기도 더욱 투쟁적일 수밖에 없었던 거죠. 그렇다면 오늘날은 평화롭나요? 이 책을 퇴고 하는 지금은 8월 중순이 조금 넘은 날입니다. 보통 이때쯤이면 폭염이 조금은 가시는데요. 무더위가 계속됩니다. 아이들이 살아갈 지구를 걱정하면서도, 에어컨을 틀지 않을 수 없음을 스스로 합리화하는 모순된 나를 직면합니다.

한 책쓰기 수강생은 섬에 살고 있는데, 지난 일주일 동안 원고를 한 편도 올리지 못했더라고요. 이유를 물으니, 스위스 가족이 민박으로 자기 집에서 머물렀는데, 이를 관리하느라 시간이 부족했다고 합니다. 한 에피소드를 말해 주는데요. 스위스 가족이 이 폭염 속에 에어컨을 틀지 않아서, 이유를 물으니 자기네 나라에서는 몇 달 동안 겨울이 계속되는데, 더위를 즐기러 한국에 왔기에 에어컨을 틀지 않는다고 합니다.

저 또한 지난 여름, 폭염 속에 도보 여행을 즐겼는데요. 온몸을 땀으로 샤워하며 한 편으로는 기후 위기를 걱정합니다. 오늘날의 문제가 이뿐인가요? 실업, 저출생, 고령화, 양극화 등 100년 전과는 또 다른 전쟁이 계속되고 있습니다.

그저 공감과 위로만 있는 말랑말랑한 에세이만 있지 않습니다. 치열하게 일상을 살아가듯이, 우리 삶 속에는 해결되지 못한 사회적, 정치적 문제가 얽혀 있습니다.

몇 년 동안 거의 매일 글을 써 오신 고등학교 영어 선생님이 계십니다. 한 번은 글방 마지막 모임에서 슬럼프가 왔다고 하시더군요. 그다음 달에는 공동 저서 에세이 쓰기에 도전하셨습니다. 여전히 슬럼프가 계속되고 있다고 하셨어요. 글방에서 글을 쓰고, 책을 출간한 후에는, 이제 북클럽에 참여하겠다고 하셨어요. 첫 모임이 의도치 않게 교육에 대한 책이었어요. 교육자로 30여년 이상 계셨기에 더욱 와닿을 수 있었겠지만, 다시 한번 자신의 교육관을 돌아보고, 교육에 대한 대안적 고민과 생각들을 일깨우는 시간이었다고 말씀하셨어요.

제가 운영하는 북클럽은 다양한 장르의 책을 읽고, 시사적인 고민도 많이 하는데요. 그분에게는 글을 많이 쓰는 것도 좋지만, 이제 어떤 글을 써 가는지도 중요해 보였습니다. 저는 "글이 조금 더 깊어지시려나 봐요."라며 그분을 격려해 드렸습니다. 그저 자기의 일상을 담담히 적어 가는 것도 좋지만, 내 일상 속 산재한 일들에 관심을 두고 문제의식을 키우는 것도 중요하거든요.

오늘 SNS에 올린 한 문장입니다.

> "민주주의의 가장 큰 보루는 깨어 있는 시민의 조직된 힘입니다. 이것이 우리의 미래입니다."
>
> _전 노무현 대통령

'미래를 가늠하는 한 가지는 깨어 있는 시민 한 사람 한 사람, 그리고 연대입니다'라는 문구를 함께 남겼습니다.

에세이도 정치적인 글쓰기가 될 수 있습니다. 가장 개인적인 이야기가 가장 정치적인 메시지를 가져다주는 거죠. 에세이는 정치적인 글쓰기를 예술로 만드는 일 중 하나입니다.

◇◇

* 현재 일상에서 고민하는 주제 한 가지를 택해 글을 써 보세요. 그 주제는 이 시대의 어떤 사회, 정치적 이슈와도 맞닿아 있는지 연결해서 글을 마무리해 봅시다.

슬픔을
꺼내놓는 일

상처는 단지 흉터가 아니다. 내 인생의 흔적이고 삶의 무늬이다. 그 상처가 나를 구성하고 생성하고 있다. _박노해

인생을 살며, 고통과 슬픔이 없는 사람은 없습니다. 사이코패스들은 감정을 느끼지 못한다고 하니 고통이 있어도 슬픔을 느끼지 못하겠네요. 그러나 그가 인지하지 못하는 슬픔은 결국 사회에 많은 고통과 슬픔을 안겨다 주지요. 해결하지 못한 슬픔은 자신도 모르게 쌓이고 쌓여서 전혀 연이 없는 그 누군가, 그것도 가장 약한 자에게 해를 가합니다.

여러분이 가진 슬픔은 무엇입니까? 여러분은 슬픔을 어떻게 해결해 오셨나요? 20대에는 저도 이 '슬픔'이라는 녀석 때문에 참으로 많이 방

황했던 거 같습니다. 물론 '슬픔'이라는 감정 하나로 뭉뚱그려 표현할 수는 없을 거예요. 슬픔의 크기, 모양, 결에 따라 여러 가지 감정 단어로 드러낼 수 있겠지요. 어떤 이는 그 슬픔을 분노로 표현하고, 어떤 이는 주위에 벽을 치고 스스로를 고립시키며, 외로움을 만들어냅니다. 또 다른 이는 유머로 자신을 포장하며 사람들의 반응을 얻어내지만, 내면은 슬픔으로 가득 차 있지요. 벌써 떠오르는 사람들이 하나둘 있네요.

저는 어릴 때 풍부하게 감정을 드러내는 이들이 가장 부러웠는데요. 그 시절에는 극 내향형이기도 했고, 감정을 드러내는 집에서 자라지 않았기에 감정 표현 언어 점수가 아주 낮았지요. 제가 슬픈지도, 고통스러운지도 몰랐을 만큼 참 무딘 사람이었어요. 신입 시절 일터에서 한 선배는 저에게 얼음공주라는 표현도 쓰고, 후에 사과했던 적도 있었지요. 한 선배는 '차도녀'(차가운 도시 여자)라고 했지요. 그때 참 억울했었습니다. 저도 제 감정을 잘 표현하고 싶었지만 안 되는 걸 어떡하나요? 그 당시 사람들과 거리를 두며 외로움과 슬픔, 두려움으로 나를 꽁꽁 싸매고, 날 선 벽을 세운 건 그저 제가 사람들과 어떻게 소통할지 몰랐기 때문이고, 두려웠기 때문입니다. 저도 저를 알고 싶고, 잘 표현하고 싶었어요.

저에 대한 감정 인지가 약하고, 해결이 안 되니, 늘 시선은 저보다 타인에게 가 있었습니다. '저'보다 '타인'이 우선이었지요. 그렇게 거짓 감정으로 남을 돌본 후, 저를 돌볼 에너지는 거의 남아 있지 않았어요. 겉으로 보기엔 착하고 순했지만, 내면은 지치기 일쑤였지요. 그땐 그랬답니다.

슬픔을 일으키는 요인에는 여러 가지가 있습니다. 20대 신입 시절에는 대학생들에게 자존감 강의를 참 많이 했었는데, 자존감 낮은 제가 자존감 강의를 반복적으로 하면서 저를 참 많이 파헤쳤던 것 같습니다. 부모, 학교와 사회의 기준이 그런 나를 만들었더군요. 모든 것을 사회와 환경 탓을 하고 싶지 않았습니다. 그렇다면 지금 이런 글을 쓰고 있지도 않을 겁니다. 그러나 환경의 영향을 절대적으로 받을 수밖에 없고, 자신의 선택이 제한된 어린 시절에는 타인의 목소리가 대부분을 지배하지요.

조금씩 어른이 되어가면서 환경에서 주어진 목소리 중 어디까지가 진실이고, 어디까지가 거짓인지를 하나하나 분해하며 떼어놓는 작업을 해왔습니다. 물론 이 작업을 모든 사람이 하는 건 아닙니다. 자신에게 진실하기로 결심한 자, 어떤 고통도 대면하기로 결단한 자만이 이 치열한 과정을 인내하며 거쳐 갈 거예요.

개인뿐 아니라 사회도 마찬가지입니다. 아무리 억누르고 아닌척 하더라도 그 슬픔은 메아리가 되어, 돌고 돌아 그 자손에 자손을 통해서라도 언젠가 터지게 됩니다. 이 슬픔을 인지하고 드러내고 애도하며 치유하려면 이벤트처럼 한 번에 해치울 수 없습니다. 정도에 따라 굉장히 길고 긴 시간이 걸릴 수도 있어요.

《내 삶의 이야기를 쓰는 법》의 저자 낸시 슬로님 애러니는 45년간 글쓰기 워크샵을 운영했고, 하버드대 최우수 강사로도 선정된 이력이 있는데요. 9개월 된 아들 댄이 당뇨병 진단을 받고, 27살에는 다발성 경화증 진단을 받고, 39살에는 죽게되는 이야기를 자전적 에세이로 썼습니다. 그는 책 제목처럼 '자신'을 써가며, 자신의 고통에 새로운 의미를 부여해 갑니다.

그녀는 워크샵을 시작할 때 늘 이런 말을 한다고 해요.

“몸에 깃든 슬픔을 몸 밖으로 끄집어내서 글로 쓰세요. 안 그러면 그 슬픔이 당신 안으로 더 깊이 파고 들 거예요. 고통스러운 부분은 건너뛸 수 없습니다.” 라고요.

그렇습니다. 슬픔은 억누른다고 사라지는 것이 아닙니다. 알아주고 만져주고 안아주지 않으면 내 몸 어딘가에 깊이 스며들어 늘 나와 함께 합니다. 해결되지 못한 채 그것이 쌓이고 쌓이면 언젠가 폭발하여 나뿐 아니라 가까운 누군가를 해치기도 하지요. 어떻게 이 슬픔을 해결할 수 있을까요? 몸에 깃든 슬픔을 꺼내고 분리하기에 ‘글쓰기’는 참 좋은 도구입니다.

한 작가님이 공동 저서 에세이 출판 과정을 신청하셨는데요. 첫 수업 후, 취소하면 안 되냐고 바로 연락이 왔어요. 이유는 돌아가신 엄마 이야기를 쓰고 싶었는데, 막상 쓰려니 용기가 안 난다고 하셨어요. 이런저런 대화 후, 다시 용기를 내서 쓰기로 하셨고요. 결국 끝까지 쓰신 후에는 고통을 조금 덜어내셨다고, 원고를 마무리하게 해 주셔서 감사하다고 말씀하셨어요.

에세이를 쓰려는 많은 분의 주제가 ‘고통’인 경우가 많습니다. 꺼내 놓지 않으면 안으로, 안으로, 계속 파고 들어가기에 고통이 더욱 짙어지거든요. “몸에 깃든 슬픔을 몸 밖으로 끄집어내서 글로 쓰”라는 슬로님 애러니의 조언을 잊지 마세요.

여러분의 슬픔은 무엇인가요? 그것을 이미 꺼내어 놓으셨나요? 아직 몸에 깃든 슬픔으로 몸도 마음도 아픔을 겪고 있지 않나요? 그로 인해 현재를 살아갈 에너지를 조금씩 빼앗기고 있지 않나요? 그것은 몰래 숨은 도둑처럼 우리가 충만하게 살아갈 생명의 힘을 소진시킵니다. 20대의 저는 그래서 참으로 많이 아팠던 거 같아요. 큰 병을 치르지는 않았지만, 늘 힘이 없고 에너지가 없는 사람이었거든요. 몸 구석구석에 남아 있는 슬픔을 꺼내 놓으세요. 내 삶을 쓰는 일이 그 시작입니다.

나와 타인

《타인의 고통에 응답하는 공부》는 사회적 약자의 몸에 새겨진 질병 속에서 편견과 혐오를 읽어낸 김승섭 교수의 책입니다. 그는 환자의 몸에 새겨진 사회구조적 문제를 읽어내려고 의사에서 보건학자이자 의료인문학자의 삶을 선택하는데요. 그는 책에서 다음과 같이 말합니다.

타인의 고통에 응답하기 위해. 그런데 그 타인 중에 나도 포함된다. 나는 어쩌면 나에게도 영원한 타인일 수 있다. 처음 책을 읽었을 때 처음 글을 썼을 때 돌아보면 내 고통에서 시작했다. 내 고통에서 시작한 공부는 확장되어 또 다른 타인의 고통에 응답하게 되었다.

슬픔을 일으키는 일은 다양할 수 있습니다. 내 실수, 예기치 않은 질병과 사고, 전쟁과 코로나 같은 국가적, 세계적 재난, 국가마다 사회적 구조적 문제 등 개인과 사회가 얽히고설켜 한 가지만으로 답할 수 없습니다. 어떤 이유이든 그 사건은 고통을 일으키고, 슬픔이라는 감정을 수반합니다.

김승섭 교수는 타인의 고통에 응답하기 위해 공부하고 책을 썼습니다. 그런데 그가 말했듯이 '타인' 중에 '나'도 포함됩니다. 이를 반대로 말하면 내 이야기에도 '타인'이 포함됩니다. 결국 에세이는 '나'를 쓰는 일이지만, 나와 관계된 '타인'을 쓰는 일이기도 하지요.

내 고통을 외면하지 않고 깊이 응답해 가며 나에 대한 감수성이 자랍니다. 나에 대한 감수성이 자란 만큼 타인에 대한 감수성도 자랍니다. 이는 결코 이기적인 일이 아닙니다. 내 고통에서 시작한 글쓰기는 결국 타인의 고통에 응답하는 연대의 시작이 됨을 잊지 마세요.

---

* 여러분 안에 깃든 주요 슬픔은 무엇인가요? 그 슬픔을 일으켰던 사건을 떠올려보세요. 회피하지 마시고, 정면으로 마주하며 깊이 들어가 봅니다. 의식의 흐름대로 관련된 감정과 생각을 꺼내어 자유롭게 글로 풀어내 봅니다.

절망마저도 껴안기

삶의 지침으로 삼아야 할 진실이 있다면 그것은 우리에게 언제나 희망이 있다는 것이다. 우리가 희망을 포기한다면, 우리의 영혼은 재가 되어 날아가 버리고 말 것이다. _존 코널리

우리 삶은 다양한 감정으로 구성되어 있습니다. 기쁨, 행복, 설렘 등의 긍정적인 감정과 절망, 두려움, 의기소침, 무기력 등의 부정적인 감정이지요. 긍정적인 감정이 부정적인 감정을 늘 이기는 사람이 있는 반면, 부정적인 감정이 긍정적인 감정을 삼키는 사람도 있습니다. 많은 자기 계발서에는 부정적인 감정을 이기고 긍정적인 감정으로 살아가는 멘탈 관리법을 중요시합니다. 그러나 긍정적인 감정이 부정적인 감정보다 항상 더 좋은 걸까요?

우리 대부분은 어릴 때부터 그렇게 교육받아 왔습니다. 부정적인 감정

보다 긍정적 감정이 더 좋은 것처럼 말이에요. 그래서 부정적인 감정이 들면 곧잘 이를 회피하거나 억압해서 사람들에게 이 감정을 들키지 않으려고 합니다. 그러나 삶은 늘 다양한 일을 포함하고, 그 안에서 온갖 감정을 겪게 되지요. 그 모든 삶을 삶이 아닌 것처럼 여길 수 없습니다.

이때 문제가 발생합니다. 존재하는 감정을 없는 척하거나 감추려고 할 때 그 감정은 참고 참다가 언젠가 폭발합니다. 그 감정을 숨기고 감추는 데 너무나 많은 에너지를 쓰느라 다른 데 쓸 에너지를 모조리 빼앗아 버리게 되지요.

글을 쓸 때도 이런 부정적인 감정은 엄연히 발동하는데요. 글에 대한 의심과 두려움뿐 아니라 글소재가 상처와 관련되었다면 다시 진하게 고통이 전해져옵니다. 많은 이가 글을 쓰고 싶지만, 이 감정을 대면하기가 힘들어 하염없이 글쓰기를 미루고 미룹니다. 책을 한 번이라도 쓴 작가들도 마찬가지고요.

그렇다면 이 감정을 어떻게 처리해야 할까요? '피할 수 없다면 즐겨라.'라는 말이 있듯이 부정적인 감정일지라도 회피해서는 안 됩니다. 오히려 직면하고 적극적으로 그의 존재를 인정해 주고 환대하고 끌어안을 때 오히려 감정이 눈 녹듯이 사그라집니다.

우리는 글을 쓸 때 자주 희열과 환희를 경험합니다. 그러나 그만큼 자주 절망과 고통도 동시에 경험합니다. 그러나 이 감정 또한 존재의 일부이며 겪어야 할 감정임을 인정하고 어서 오라고 환대하고 껴안아 봅시다. 절망이 있기에 희망이 더 가치 있고, 슬픔이 있기에 기쁨이 더 크게 다가오니까요.

글을 쓸 때 부정적인 감정이 느껴진다면 그 감정과 교감할 기회임을 여기고, 세밀히 느껴 보세요. 이 감정이 어디서 오는 건지 말도 걸어보고, 노트에 적어보고, 그렇게 그 감정과 놀아보세요. 그러면 점차 친숙해지고, 절망의 감정이 주는 가치도 알게 될 거예요. 결국 모든 감정을 포용하게 되고, 감춰두고 회피했던 일상의 한 켠 조차 감사히 여기며, 삶을 축복으로 여기게 될 것입니다.

돌아보니, 20대는 신앙과 비전, 사랑에서의 방황, 30대는 엄마가 되면서 가정과 사회에서 불편과 혼란의 문턱을 치열하게 넘어오는 과정이 절망의 연속이었네요. 이제는 마흔을 한참도 넘어서일까요. 이제는 일상의 자잘한 파동은 있을지언정 이렇다 할 큰 절망은 없네요. 절망이라면 글을 쓰면서 조금 경험하는 것뿐인데, 이조차도 그리 깊지 않습니다.

그러나 어쩌면 이 또한 저의 방어기제가 아닌가 싶습니다. 여러 권의 책을 써 오고 함께 쓰는 작업을 하고 있지만, 저에게 글쓰기는 일상입니다. 글을 써서 상을 받는다든지 아주 초대형 베스트셀러 작가가 되려고 하는 목표와 욕망이 크게 없습니다. 어쩌면 이게 문제일지도 잠시 생각해 봅니다. 그런 목표는 저와 맞지 않는다든지, 아니면 이룰 수 없다는 생각에 지레 포기하며 그저 쓰고 있는 것은 아닌지 말이지요.

'이제 고만고만한 글만 쓰지 말고, 좀 더 큰 목표, 더 나은 목표를 세워 보는 건 어때?', '공모전도 많은데, 너도 그런 거 도전해 보는 거 어때?', ' 그럼 수없는 실패와 절망이 기다리고 있을 거야.?', '곧 절망이 다가오겠지. 그러나 그만큼 너는 깊어지고, 절망에 가득 찬 무수한 사람들을 이해하게 될 거야'. 조용히 읽고 쓰며 살아가려는 저의 방어기제를 깨트리는 온갖 질문들이 갑자기 저에게 덤벼드는 느낌입니다.

어른이 되어 간다는 것

여성학자 양혜원은 《박완서 마흔에 시작한 글쓰기》에서 “내가 선택하지 않았다 해도 내 삶에서 일어난 일들은 나의 것으로 받아들이고 화해할 수 있는 결단이다. 그렇게 하지 않으면 내 삶에 큰 그림자로 남아 앞으로 나아가지 못하게 하기 때문이다.”라고 말합니다.

그렇지요. 어른이 되어 간다는 것은 자신이 선택했거나 그렇지 않다고 해도 삶에서 일어난 일들을, 자기에게 주어진 사람들을 있는 그대로 포용할 힘을 길러가는 것이 아닐까 합니다. 빛과 어두움까지도 말이지요. 그러나 해결되지 않은 자기와의 불화는 앞으로의 전진을 종종 방해합니다.

저는 늘 해 같은 사람이 늘 부러웠습니다. 제게 드리워진 슬픔과 절망의 그림자를 걷어 내는 데 참 오랜 시간이 걸렸습니다. 이제 제 안에 밝은 태양이 가득합니다. 모든 ‘척’을 내려놓고, 슬픔도, 절망도 끌어안기가 그 시작이었습니다.

여러분은 주어진 삶을 온전히 받아들이셨나요? 말처럼 쉽지 않지만, 삶이 다채로운 만큼 그 안에 다가오는 온갖 감정도 받아들여 보세요.

글쓰기를 통해 화해하지 못한 나를 만나 보세요. 미처 수용하지 못해 꼭꼭 숨겨 놓아 곰팡이가 껴 있는 해묵은 감정을 하얀 종이 위에 꺼내어

햇빛에 말려 보세요. 특히 '나'를 쓰는 에세이는 더욱 그렇습니다. '절망'도 '나'이자 내 삶의 한 부분임을 잊지 마세요.

◇◇

* 우리는 일상에서 크고 작은 절망을 경험합니다. 회피하고 싶은 '절망'의 순간이 있었나요? 종이 위에 꺼내 봅니다. 왜 그런 감정이 들었는지, 어떤 사건에서 연유했는지 조용히 생각해 봅니다. 그 감정을 충분히 느끼며 한 글자 한 글자 노트에 옮겨 봅니다. 중간중간 쉬며 그 감정과 교감해 봅니다. 감정이 흐릿해질 때까지 써 보세요. 그리고 그 감정에 이름을 붙여주고, 안아주고 위로해 줍니다.

글쓰기라는 도박

이득의 가능성이 있는 곳에는 상실의 가능성 또한 존재한다. 커다란 행복을 좇을 때마다 우리는 커다란 위험을 무릅써야 한다. _워커 퍼시

글쓰기는 도박입니다. 무슨 말일까요? 글쓰기에는 큰 행복이 따릅니다. 특히 책 한 권 마무리하면 또 다른 세계를 경험하게 되는데, 자존감, 성취감, 동기부여, 도전, 치유, 변화 등 여러 가지 감정과 존재의 변화를 맛보게 됩니다. 그러나 모든 좋은 것에는 그 이면도 있는 법! 글쓰기라는 커다란 행복을 좇을 때마다 우리는 '커다란 위험'도 무릅써야 하는데요. 가능성의 이면에 '상실의 가능성'도 있기 때문입니다.

요즘에 사람들을 끌어들이기 위해 돈 되는 글쓰기, 월 천 버는 글쓰기 등 후킹성 문구도 많이 쓰는데, 글쎄 글쓰기로 단번에 대박을 터트리는 이가 얼마나 많을까요? 그 유명한 자청의 히트 작품 《역행자》도 그의 첫

개인 저서라 하지만, 그 전에 무수히 읽고 쓰기를 반복했던 결과였습니다. 아마 그 과정에서 여러 번 실패를 경험했을 것입니다. 독자들에게 오랫동안 사랑받는 책을 쓴 유명한 작가들도 마찬가지입니다. 그들은 글쓰기 여정에 따르는 행복과 함께 커다란 위험도 감수했습니다.

우리가 알고 있는 그 대표적 작품을 만나기까지 수없이 투고 거절을 당했을 테고, 출판사뿐 아니라 아무 반응도 없는 시간을 묵묵히 견뎌야 했을 겁니다. 평생 무명으로 살 수도 있고, 그러다가 사라질 수도 있는데도 말입니다. 어쩌면 이런 상실의 글쓰기, 무모한 글쓰기를 계속 이어가기 위해 글쓰기 외에 다른 직업을 가지는 것이 덜 상처받고, 더 안전할 겁니다.

요즘 트레킹을 종종 하는데요. 길 안내를 위한 다양한 앱을 활용하지만, 그럼에도 처음 걷는 길이기에 잘못된 길로 빠질 때가 가끔 있습니다. 이때 빠르게 순간의 실수를 인정하고, 원래 길로 들어서야 합니다. 시간과 에너지가 잠시 낭비되었지만, 그것에 너무 연연해하지 말고 원래 걸어야 길을 집중해서 걸어야 완주할 수 있습니다.

글 쓰는 이는 원치 않는 반응, 실망스러운 피드백을 경험하며 깊은 상실감을 경험하기도 합니다. 그러나 상실에 굴복하지 마세요. 자기 연민에 빠질 필요도 없습니다. 나만 그런 것이 아님을, 잘 쓰든 못 쓰든 글을 쓰고자 하는 이라면 누구나 겪는 것임을 꼭 기억하세요. 아닌 척, 괜찮은 척하다가는 언젠가 그것은 거대한 힘이 되어 나를 찌르고 결국 글쓰기를 포기하게 만들 테니까요.

계속 써 가려면 매일의 상실을 견뎌낼 힘을 가져야 합니다. 견뎌낼 힘이란 다름 아닌, '인정하기'입니다. 상실로 인해 실망, 좌절, 슬픔 등 어떤 감정이 다가오든 피하지 마세요. 그것과 마주하고, 곱씹어보고, 대화도 나눠봅니다. 상실을 친구로 대해 봅니다. 그러다 보면 점차 연민과 회피가 아닌, 공감과 이해로 생의 다른 영역까지 포용할 수 있는 사람이 되어 갈 것입니다. 글쓰기라는 흥미진진한 도박의 여정! 해 볼 만합니다.

에세이 쓰기를 통해 '나'라는 탐험을 시작해 보세요. '나'를 잘 안다고 생각하지만, 실제로는 모를 때가 많습니다. 나는 알지만, 다른 사람은 모르는 영역이 있고, 나는 모르지만, 다른 사람이 아는 영역도 있습니다. 때로는 미로 같은 인생, 그래서 잘못된 길에 빠져 허우적댈 때도 있지만, 결국 우리는 인생을 완주하게 되어 있습니다.

---

* 혹시 길을 잃고 헤매고 있나요? 그 지점부터 다시 출발하면 됩니다. '나'라는 지도는 아직 정해져 있지 않습니다. 나만이 그릴 수 있습니다. 글쓰기를 통해서 여러분의 지도를 완성해 보세요.

글과 삶이 포개어져

> 나는 마치 그물처럼 온종일 마음을 펼쳐든다. 내가 쓰고 있는 책에 딱 맞는 것들이 걸려들 수 있도록 _데이비드 에버쇼프.

오랜 시간 책은 제가 언제나 달려갈 수 있는 안전한 공간이었습니다. 답답하고 궁금하고 불편하고 불쾌한 날, 뿌연 안개 속을 걷듯이 그 정체를 잘 모를 때, 책으로 달려갔습니다. 하염없이 읽다 보면, 책 한 권이, 하나의 문장이, 한 편의 이야기가 전담 변호사인 양 딱 알맞은 언어로 제 맘을 대변해 주었습니다. 지루하며 페이지가 잘 안 넘겨지는 책도 있었지만, 쏟아지는 문장에 하염없이 마음을 내놓으며 눈물을 쏟아내기도 했습니다. 그렇게 문장에 파묻혀 그안에서 안전함을 느꼈고, 한없는 위로와 해방감을 느꼈습니다.

과거 상처에 매여 자기 연민에 빠져 허우적댈 때는 심리서를, 대대로 믿는 집안이지만 성경과 교회에 관한 의심과 혼란 속에서 방황할 때는 신앙 도서를, 첫 아이를 낳고 이론과 달리 맘대로 안 되는 모순을 뼈저리게 직시할 때는 육아서를, 남성과는 뭔가 다른 여성에 대한 차별적 시선과 대우를 조금씩 감지하며 생겨나는 의문과 쪼그라드는 존재감을 느낄 때는 페미니즘 도서가, 저의 언어와 목소리를 대변해 주었습니다.

짙은 외로움이 존재 어딘가에 항상 새겨져 있는 저였습니다. 이 외로움의 근원이 어디서 왔는지 누군가에게 물어볼 용기도 제게는 없었는데요. 그때 책은 안전하게 질문하고 답을 궁리해 볼 수 있는 수단이었습니다. 그런 제 고민과 질문을 아주 멀게는 수천 년 전에, 이 순간에도 이미 누군가가 해 왔더군요. 감사하게도 그들은 글이라는 형태, 즉 기록으로 남겨 놓았습니다. 놀랍고 반짝이는 문장들로 개인과 사회 구석구석을 섬세하게 그려내는 작가들을 한없이 동경했습니다.

제 결핍과 의문이 '글'과 가까워지게 했고, 이제는 밥 먹듯이 일상으로 읽습니다. 책의 언어에, 그것이 가리키는 또 다른 가능성에, 여전히 매 순간 감탄합니다. 《슬픔의 방문》을 쓴 장일호 기자는 "그럴 만한 좋은 기사를 아직 쓰지 못해서, 대신 읽었다. 욕심과 허기가 나를 책 앞으로 데려다 놓았다. 읽는 사람은 자유로웠다. 재능 없음을 탓하지 않아도 좋았다."라고 말하는데요. 이미 좋은 평가를 받는 기자이자 작가도 늘 더 좋은 글을 쓰기를 갈망하며, 자신의 재능 없음을 탓합니다. 글쓰기를 애찬 하며 함께 쓰자고 독려하는 저이지만, 저 또한 작가처럼 늘 더 좋은 글을 동경합니다.

쓰는 사람은 압니다. 독서는 오히려 쉼의 시간임을. 자신의 재능 없음을 탓하지 않아도 됨을. 그렇게 저도 독서할 때는 완전한 자유를 만끽하며 읽습니다.

장일호 작가는 이어서 말합니다.

> "책에서 취한 살과 뼈에 내 삶의 많은 부분을 마음대로 이어 붙였다. '읽기'는 자주 '일기'가 되었다. 밑줄을 따라 걷다 보니 여기까지 왔다. 나는 도무지 해결되지 않는 질문을 들고 책 앞에 서곤 했다. 삶도, 세계도, 타인도, 나 자신조차도 책에 포개어 읽었다. 책은 내가 들고 온 슬픔이 쉴 자리를 반드시 만들어 주었다."

이렇게 작가의 문장에 또 감탄합니다. 저도 읽으며 쓰고, 쓰며 읽는데요. 이제는 단순히 독서 권수를 채우기 위해서도, 완독하기 위해서도 아닙니다. 제 삶을 대변할 또 다른 언어를 찾기 위해, 제대로 된 질문 하나 못하는 무지에서 벗어나기 위해, 미처 살피지 못하는 삶의 언저리가 있을까 봐, 저만을 생각하는 이기심에서 조금이라도 해방되고자 읽고 또 읽습니다. 작가가 쏟아낸 온갖 문장을 제 삶과 포개어 읽고 읽으며 저만의 글로 만들어 봅니다. 그렇게 글이 삶이 되고, 삶은 글이 되어갑니다.

화려하고 정답을 제시하는 듯한 책이 있습니다. 이런 책을 읽으면 읽는 순간은 저도 그렇게 살 수 있을 것 같고, 마음마저 한껏 고무됩니다.

반면 결론도 없이 그저 아프고 부서진 그 모양 그대로를 조명하는 이야기도 있습니다. '그래서 어쩌란 말이야?'라는 마음의 반사가 일어납니다. 실용성과 효율성을 중시했던 저의 성향이 자동으로 반응합니다. 그런데 어느 순간부터인가 후자의 이야기가 더욱 끌리고, '그래, 이게 진짜 인생이었지!' 하는 생각에 정신이 번쩍 듭니다. 아프고, 다친 채로 있지만, 그럼에도 실낱같은 작은 희망으로 삶을 이어가는 사람들 속에서 저 또한 그런 사람임을 인정하며, 그 대열에 줄을 서봅니다.

애독가들은 말합니다. 책은 정답이 아니라 또 하나의 질문이라고. 처음에는 책의 모든 말을 의심 없이 믿었고 그것이 정답이라 생각하며 추종했습니다. 이제는 그들의 말을 조금은 이해합니다. 하나의 질문에 수천 개, 수만 개의 답이 존재할 수 있음을. 책은 그렇게 우리에게 정답이 아닌 질문을 제시하는 도구임을.

'너 잘 살고 있니?', '제대로 살고 있는 거 맞니?', '어떻게 사는 것이 너다운 거니?'라며 속삭이는 질문으로, 때론 번개처럼 내리칩니다. 우리가 살아온 삶, 빚어진 모양이 다르듯 각자의 모양대로 자기만의 답을 써야 한다는 것을 이제는 압니다. 그 답을 '삶'으로도 쓰고, '글'로도 남겨봅니다.

출판 시장이 어렵다고 하지만, 책은 쏟아져 나옵니다. 책 속을 헤집고 다니다 보면, 제 맘을 비춰주는 보물 같은 문장을 만나게 됩니다. 온갖 생각거리들로 잠잠했던 뇌가 갑자기 분주해집니다. 그러나 밀려드는 다음 문장과 이야기들은 고민할 틈을 주지 않고 그 전에 주어진 질문과 생각은 어느새 밀려나 있지요.

감동했지만, 허무하게 독서가 끝날 때가 많았습니다. 조악한 글이라도 써 보아야겠다는 마음이 일어난 게 그때쯤인가 봅니다. 잘 쓰려고 하기보다, 기록한다는 마음으로 써 왔고, 지금도 그렇게 쓰고 있습니다. 그것이 독서에 대한, 제 삶에 대한 최소한의 예의인 거 같아서 말입니다.

작년부터 공동 저서 에세이 출판 클래스를 운영해 왔습니다. 현재 10기를 진행중입니다. 처음에는 그저 가볍게 온라인에서 이 과정을 열었습니다. 저와 같은 필요를 가진 사람이 있지 않을까 하는 생각에 단순히 그 길을 터 주고 싶어서 말입니다.

이 과정에서 다양한 사람을 만났습니다. 수개월 함께 했던 북클럽 멤버, 이른 새벽 5시, 줌에서 만나 얼굴도 모른 채 함께 책만 읽었던 사이인 사람, 온라인에서의 느슨한 연결 속에서 우연히 찾아온 만남, 이 공간이 아니면 절대 만나지 않았을 사람들, 얼굴로만 가끔 보거나 닉네임으로만 익숙했던 사이였지만 드디어 그들의 인생 이야기 한 편을 글로 진하게 만났습니다.

'아 그랬구나.', '이런 일들을 겪으셨구나.', '이런 일을 하는 사람이었네.', '이런 아픔도 있으셨구나.' 저는 그들의 퇴고를 돕고 첨삭을 곁들이며 그들의 이야기에 빠져들었습니다. 간혹 객관성을 잊고 쏟아지는 눈물에 저를 맡겨야 했습니다.

저마다 사연은 달랐지만. 이렇게 글을 쓰겠다고 용기 내어 찾아온 그들의 한 가지 공통점은 언젠가부터 책과 글을 가까이했다는 점입니다.

글이 글을 불러일으킵니다. 전쟁과 같은 일과 육아라는 그 바쁜 틈새를 비집고 들어앉아 조금씩 읽고 쓰며, 성실히 자기 삶을 매만져온 사람들, 대부분 여성이었습니다.

같은 여성으로 감동이 밀려왔습니다. 글을 잘 쓰고 못 쓰고는 중요하지 않다고 생각했습니다. 그런데 판을 깔아주니 모두 글도 잘 씁니다. 그저 쓸 기회가 없었을 뿐입니다. 삶의 틈새 공간에서 조심스레 다듬고 빚어낸 생각의 결과물은 그렇게 한 권의 책으로 탄생했습니다.

에세이는 자기 삶의 조각들을 소재로 삼습니다. 아프든 슬프든 기쁘든 자신을 드러내는 행위이기에 크고 작은 용기가 필요합니다. 그래서 누군가는 에세이 쓰기를 두려워하지만, 그렇기에 누군가에게는 아주 매우 매력적인 글쓰기가 됩니다.

글을 쓰고, 수없이 매만지는 과정을 통해서 가볍게 흘려버렸던 자신의 역사를 다시 한번 진하게 만나며 치유를 경험합니다. 실수와 상처가 범벅된 삶이었을지라도 그 속에서 의미 한 조각을 발견하며, 배움을 얻습니다. 삶을 관조하며 주어진 생이 얼마나 감사한지 삶에 대한 경의와 애정을 다시 갖습니다.

초고를 쓰고 수없이 퇴고하는 여러 단계를 거치면서 삶을 회피하지 않고 정면으로 직시하는 용기를 얻으며, 과거의 나를 포용하며 화해합니다. 이 과정에서 미래를 당당히 살아갈 의미를 새롭게 만들어갑니다. 이렇게 글쓰기는 과거에서 미래로 향하는 여정입니다.

더군다나 함께 쓰면 외롭지 않습니다. 포기는 없습니다. 누구는 조금

빠르고 누구는 조금 느릴 뿐입니다. 서로를 의지하며 어떻게든 마감이 됩니다. “한 달 만에 되네요.”, “함께 쓰니 되네요.”, “안 될 줄 알았는데 써지네요.” 대부분의 반응입니다.

동시대를 살아가는 여성들이기에 비슷한 듯 또 다른 결의 글들은 공감과 작은 연대감을 형성해 줍니다. 공감하며, 그리고 날카롭게 그녀들의 글을 읽고 다듬습니다. 행간을 서성이며 그녀들의 삶에 제 삶도 덧대 봅니다. 그렇게 우리는 서로의 글을 힘입어 주어질 미래로 한 걸음 나아갑니다. 세상에 작은 이야기를 건네기로 용기 낸 그녀들의 시작과 도전을 조용하게 응원해 봅니다.

---

* 오늘 읽은 책은 무엇인가요? 가장 와 닿은 페이지 속 문장 하나를 필사해 봅니다. 그 문장에 기대어 여러분의 이야기를 써 보세요.

쓰기로
수렴하지 않으면

내가 쓴 글이 곧 나다. _은유

새벽에 책을 읽다가 아래 문장에서 잠시 머뭅니다.

사고는 쓰기에서 성취를 거둔다.
사고한다는 것의 최종 국면은
쓴다는 것과 완전히 한 몸이다.
쓰기로 수렴하지 않으면
사고는 완성되지 않는다.

사회학자로 유명한 오사와 마사치는 자신의 사고하는 과정을 《책의 힘》이라는 책에서 소개합니다. 그는 말합니다. "쓰기로 수렴하지 않으면 사고는 완성되지 않는다."고요.

읽고 쓰기에 대해서 자주 말하는 저 또한 '왜 쓰는가?'를 다시금 돌아봅니다. 속도의 시대에 책 읽는 시간은 저를 멈춰 세우고, 잠잠했던 생각에 소용돌이를 일으킵니다. 그러나 읽기만 해서는 그 사고의 과정을 제대로 끝까지 추적해 갈 수 없습니다. 읽고 사고하는 여정은 쓰는 시간을 통해 정확해 지고, 정리가 됩니다. '종이 위에서 사고하라'는 말처럼, '쓰기'와 '사고'는 한 몸입니다. 사고하면서 쓰고, 쓰면서 사고하는 것이지요.

사고를 완성한다는 말은 무엇일까요? 왜 많은 작가가 책 한 권을 마무리할 때 이제야 삶이 정리된 거 같다는 고백을 많이 할까요. 저는 공동 저서와 개인 저서 책쓰기 코칭을 모두 하고 있는데요. 공동 저서에는 각자 에세이 대여섯 편을 담을 뿐이에요. 그럼에도 책 출간 후, "책을 쓴 후와 전이 완전히 달라졌어요.", "이제야 삶이 정리된 것 같아요."라는 이야기를 많이 합니다. 결국 '사고'를 완성한다는 말은 '삶'을 완성하는 일이기도 하기 때문이지요.

쓰면 또 좋은 점은 쓰지 않았으면 절대 몰랐을 의미를 발견하는 기쁨이 주어진다는 것이에요. 글쓰기는 맹목적으로 머리에 있는 내용을 기계적으로 받아쓰는 행위가 아니에요. "난 쓸 게 없어.", "나는 좋은 문장을 쓸 재주는 없어."라고 대부분 글을 쓰지 않을 핑계를 대지만, 아닙니다. 모든 것을 이미 알아서 쓰는 것이 아닙니다. 쓰다 보면 자기만의 문장과 사유가 발견됩니다. 그래서 쓰다가 또는 쓰고 난 후, 자기 글을 보고 스스로 놀랄 때가 많아요. 이는 써야지만 알게 되는 진실입니다. 쓰는 이들에게만 주어지는 특권이자 기쁨이지요. 내 삶의 진실을 알고 싶다면, 내 삶을 완성하고 싶다면 에세이를 써 보세요.

---

* 무엇을 쓸지 주제가 정해지지 않아도 됩니다. 3분만 잠잠해 보세요. 오늘 또는 최근 떠 오르는 사건, 사물, 단어 하나를 떠올려 보세요. 그것을 붙들고 글을 써 봅니다. 이것이 왜 내 기억에 아직도 남아 있는지, 그것이 나에게 무엇을 말하고 싶은지 질문을 던져 보세요. 쓰기-사고-쓰기-사고-쓰기입니다. 조용히 기다리며, 사고하고 쓰기를 반복합니다.

음정, 박자가 틀리면 어때

저는 작은 교회를 다니고 있습니다. 목사님이 90대 초반 대학가요제 금상 출신이셔서 그런지, 감미로운 찬양과 소박한 영성이 담긴 예배가 늘 은혜가 됩니다. 늘 앞자리에 앉아 찬양을 부르는 청년 하나가 있는데요. 그는 소아마비 장애를 가진 친구입니다. 뒤에서 보면 가장 열정적으로 예배에 임합니다. 그 친구는 예배 중간에 있는 특별 찬양에도 종종 참여합니다. 음정도 박자도 어긋나지만, 일그러진 얼굴로 온 힘을 다해 부르는 그의 찬양을 듣노라면 눈물이 나기도 하고, 어느새 평안이 제 마음에 깃듭니다.

최근에는 그가 공무원이 되었다는 소식을 접했는데요. 자기보다 더 어려운 장애인도 있는데, 자기가 발탁되었다는 고백을 건너 들으며, 타인을 배려하는 착한 마음을 엿봅니다. 그는 인권 활동가가 꿈이라고 해요.

한번은 초등 아이들이 어른들과 함께 특별찬양을 불렀습니다. 저학년부터 고학년까지 한 명씩 배치한 듯 한 작은 팀이었습니다. 간혹 음정도 박자도 틀렸지만, 엄마 미소가 살포시 올라왔어요. 제 귀엔 아이들의 노래가 세상 최고처럼 들렸거든요. 모두가 숨죽여 아이들의 노래를 듣고 있었습니다. 찬양이 끝나자 기다렸다는 듯이 환호의 박수가 터져 나왔습니다.

일그러진 얼굴과 몸짓도, 틀린 박자도 음정도, 듣는 이들에게 중요하지 않았습니다. 어떤 핸디캡도 감추지 않고, 마음을 담아 온전히 자신의 목소리를 힘껏 발하는 모습이 사람들에게 감동을 주었습니다.

핸디캡이 없는 사람은 없습니다. 우리가 그들보다 나은 게 뭐가 있을까요! 보이는 것만 전부가 아닙니다. 많은 이들이 겉은 멀쩡하지만, 내면의 장애를 가지고 살아갑니다. 장애인이나 아이가 아니더라도, 우리는 모두 어떤 측면에서 장애가 있고, 여전히 아이처럼 미숙합니다. 그러나 내면 깊은 곳에는 그들처럼 때 묻지 않은 맑고 순수한 면도 가지고 있습니다.

자기 목소리를 낸다는 것

좋은 글은 무엇일까요? 완벽한 문장, 특별한 경험을 담아야 할까요? 한 장애인 청년과 작은 아이들이 저에게 넌지시 알려줍니다. 드러내고 싶지 않은 핸디캡이 있고, 대중의 기준에 맞지 않는 목소리일지라도, 그것을 감추지 않고, 열정적으로 찬양하는 대상을, 오로지 자기 본연의 목소리로 내겠다는 마음 하나가 감동을 줄 수 있음을요. '나'를 소재로 한 에세이 글쓰기도 마찬가지가 아닐까요. 정직하고 투명한 글 말입니다.

《김형석, 백 년의 지혜》는 105세 철학자 김형석 교수가 전하는 인생론을 담고 있습니다. 100년을 넘게 살아오셨으니, 한국사의 굵직한 사건들을 모두 경험해 오셨지요. 일제 강점기에 일본어 교육을 받고 일본어를 주로 사용했기에 지금도 한국어에는 조금 약하다고 하셨습니다. 실제 글이 문학적으로 매우 뛰어나다거나 문장이 아주 좋다는 생각이 들지는 않았어요.

그러나 사람들은 그의 책을 사서 읽습니다. 그의 문장력이나 글솜씨 때문이 아니겠지요. 그만의 핸디캡이 있더라도, 100세 넘어서도 평생 현역으로 책과 강연으로 활동하시는 그의 말에 어찌 귀를 기울이지 않을 수 있겠어요.

현재 SNS로 인연이 된 한 분의 두 번째 책 출간을 돕고 있습니다. 팔로워가 많지는 않았지만, 그에 비해 좋아요나 댓글 반응이 좋았습니다. SNS에 올라온 글 몇 편을 유심히 읽어보았는데, 시는 아닌, 짧은 에세이 형태의 글들이었습니다. 그분만의 색이 분명했습니다. 저와 계약하고, 소통하면서 알게 된 사실은 글쓰기를 배운 적은 없다고 합니다. 책을 많이 읽는 편도 아니라고 했습니다. 이런 형태의 글쓰기는 처음 보았는데요. 기존의 형식을 탈피했지만, 일상을 솔직, 유쾌하고, 읽기 쉽게 표현했습니다. 그래서인지 그 글들을 모아 출간한 첫 번째 책의 반응이 좋았다고 해요.

자신의 글을 대중에게 내보이는 일은 용기가 필요한 일입니다. 특히 에세이는 '나'를 소재로 하기에 더욱 그렇습니다. 첫 책을 출간하고 나면, 성취감에 마음이 한껏 부풀어 오르지만, 갑자기 자신의 글이 낯설게 다가오면서 민낯이 들킨 거 같은 부끄러움에 낯빛이 붉어지기도 합니다.

우리 대부분은 할 수 없다는 생각에 갇혀 있거나, 자신의 약함에만 집중해 있어서 자기 목소리 내기를 부끄러워합니다. 수많은 자기 검열은 내적 장애나 서툰 실력으로 자기 목소리가 조금 삐딱하게 나가는 것을 참지 못합니다.

그러나 중요한 것은 이것입니다. 이 모든 장애에도 불구하고, 이로 인해 의도치 않게 조금은 굴곡지게 발화되더라도, 자기 목소리를 용기 있게 내는 것! 말입니다.

내가 읽고 쓰는 이유

> "역사가들이란 같은 시대 사람들이 잊고 싶어 하는 것을 전문적으로 기억하는 사람이다." _에릭 홉스봄

역사학자 에릭 홉스본은 "역사가들이란 같은 시대 사람들이 잊고 싶어 하는 것을 전문적으로 기억하는 사람이다."라고 말했습니다. '전문가'라는 단어에 잠시 머물러 봅니다. 저는 독서와 글쓰기, 북클럽 전문가로

활동하고 있습니다. 누가 저에게 붙여준 이름도 아닌데, 스스로를 이렇게 부릅니다. 나름 20여 년 이상 비슷한 일들을 해 오던 일이니, 전문가가 아닐까 싶고, 이 분야에서만큼은 누구보다 전문가가 되고 싶기 때문이기도 합니다.

제가 책을 읽기 시작한 이유는 잊힌, 잊으려고 했던 제 상처를 누군가의 언어를 의지해서라도 계속 끄집어내어 상기시키고 저만의 답을 찾기 위해서였습니다. 제가 글을 쓰게 된 이유는 수없이 쓰고 멈추고 퇴고하는 과정에서 그렇게 찾은 저만의 언어를 기록하고, 담대한 용기로 미처 몰랐던 상처를 직면하며, 이제는 해결된 이야기를 통해 누군가에게 빛이 될 보석을 캐내기 위함이었습니다.

이제 제가 혼자 읽고 쓰는 데서 머물지 않고, 함께 읽고 쓰는 공간을 내어준 이유는 누군가의 희로애락이 가득 담겨있는 이야기를 잊지 않고 기억하게 하는 일을 전문적으로 하고 싶어서입니다. 자의든 타의든 누군가에 의해서 "네 이야기는 쓸모없어.", "네 목소리를 내 봤자 아무 소용없어.", "아무도 네 이야기를 듣지 않을 거야."라는 모든 거짓 목소리로부터 해방시키기 위해서입니다.

독서와 글쓰기는 '해방'이며 '자유'입니다. 독서를 잘못하면 위험합니다. 내 삶을 흔드는 지진이 일어날 수 있기 때문입니다. 글쓰기도 잘못하면 위험합니다. 나뿐 아니라 다른 이도 흔드는 지진이 될 수 있기 때문입니다.

저는 상처를 치유하며, 변화의 길로 이끄는 독서와 글쓰기 전문가입니다!! 그런 사람이고 싶습니다. 올해도 내년에도 저와 함께 에세이 한 편 읽고 쓰지 않으실래요?

* 현재 여러분의 글쓰기를 가로막는 핸디캡은 무엇인가요? 우선 키워드로 나열해 보고, 관련된 이야기도 적어보세요. 종이 위에 충분히 토해내 봅니다. 그리고 쓰레기통에 던져 넣으세요. 이제는 여러분이 가장 찬양하고 싶은 대상을 적어봅니다. 그것에 집중해 글 한 편을 써 봅니다.

나의 이야기가 브랜딩이 되려면

> 잡문 하나를 쓰더라도, 허튼소리 안 하길, 정직하길, 조그만 진실이라도, 모래알만 한 진실이라도, 진실을 말하길, 매질하듯 다짐하며 쓰고 있지만, 열심이라는 것만으로 재능 부족을 은폐하지는 못할 것 같다. 작가가 될까 말까 하던 4년 전의 고민은 아직도 끝나지 않은 채다. _박완서

요즘 많은 사람이 에세이를 쓰고, SNS에 자기의 이야기를 영상으로도 기록합니다. 때론 비슷비슷해 보이는 온라인 공간에서 자신의 이야기가 차별화되고 브랜딩이 되려면 어떻게 해야 할까요?

박완서 작가는 그의 35편의 에세이가 담긴 책 《모래알만 한 진실이라도》에서 모래알만 한 진실이라도 진실을 말하기를, 자신에게 매질하듯

다짐하며 다짐합니다.

그녀는 첫 응모에 선정되어 등단했지만, 수년을 계속 작가로 살아갈까 말까를 고민하지요. 아마 진실을 이야기하는 것은 쉬운듯 하면서도 어렵기 때문이지 않을까 싶습니다. 그러나 자신에게 와 닿은 진실을 직시하는 글을 계속 써 갑니다. 그녀의 소박하고 따스한 글이 많은 이들에게 와 닿는 이유는 삶을 외면하지 않고 똑바로 바라보는 '진정성'이 있었기 때문일 겁니다.

우리가 글(책)을 쓰기 힘든 이유는 글쓰기 실력이나, 내 삶이 보잘것없어서가 아니라, 바로 삶을 정직하게 바라보는 힘, 그 진실을 똑바로 마주하는 힘이 부족해서이지 않을까요?

정말 많은 이에게 사랑받는 작가는 특별한 경험을 해서가 아니라, 비슷비슷한 우리의 자그마한 일상에서 모래알만 한 그 '진실'을 캐낼 수 있었기 때문일 겁니다.

그 진실을 캐내려면, 어떻게 해야 할까요?

우선, 잠시 '멈춤'이 필요합니다.

저 또한 멈추지 못해서 휘발시켜 버린 무수한 생각과 감정의 조각들이 너무나 많습니다. 지금 생각해 보면 너무 아깝습니다. 그러니 미루지 말고 지금 씁니다. 나중에 써야지 하면, 다 날아가 버립니다. '이 책을 읽고 써야지.'라고 생각하지 말고, 지금 책을 읽으며 느낀 생각이나 감정들, 떠오르는 기억을 책 여백에 아니면 작은 노트나 컴퓨터에 지금 바로 기록해 보세요. 누군가에게 공개하기 전, 가장 생생한 순간을 기록해 놓으세요. 나중에 언제든 퇴고하면 됩니다.

이어서 '사유'가 필요합니다. 빨리 읽고 쓰는지가 중요하지 않습니다. 읽기와 쓰기 모두 중간중간 멈춤이 필요합니다. 사유의 힘을 기를 수 있는 시간입니다. 우리는 누구의 목소리에 의지하는 것에 익숙해져 있습니다. 어릴 때부터 받는 주입식 교육, 부모와 사회가 원하는 것에 적응되어 있지요. 그러나 그것이 진실로 내가 하고 싶은 목소리는 아닐 수 있습니다. 정말 그것이 진실일까를 파헤치며, 질문하고 쓰고 사유하기를 반복합니다. 진실이 스스로 드러날 때까지 말이지요.

SNS든 글쓰기든 벤치마킹을 많이 하라고 합니다. 물론 입문자는 아기가 처음에 따라 하며 언어를 배우듯, 모방도 필요합니다. 그러나 계속 모방에서 그치면 안 됩니다. 최근에는 릴스나 숏폼도 에세이 느낌의 자기 이야기를 글과 영상, 목소리까지 입혀 업로드하는 흐름이 있었는데요. 며칠 전 우연히 뜬 SNS 피드를 보았습니다. 시골에서 카페를 운영하는 사장이었습니다. 팔로워가 몇만이 되었습니다. 그녀는 다른 이의 피드를 볼 시간이 없다고 합니다. 처음에는 많이 헤맸지만, 어느 순간 그저 자신을 믿고 일상을 담담히 기록하기 시작했더니 팔로워가 오히려 늘었고, 시골에서도 먹고 살 수 있게 되었다고 말합니다.

저도 예전에 강의할 때 다른 이의 강의를 잘 안 보았습니다. 웬지 저도 모르게 표절할 거 같기도 하고, 배울 건 배우더라도 그들과 똑같이 하고 싶지 않은 저항감이 있었던 것 같습니다. 타인의 강의를 보더라도, 제 스피치 원고를 마친 후, 참조용으로 봐야 마음이 안심되었습니다.

지속하는 글쓰기를 위해 모방에서 시작하더라도, 자기 색을 찾는 과정이 필요합니다. 멈춤과 사유, 그리고 진정성을 잊지 마세요. 답은 자기 안에 있습니다. 에세이 쓰기 자체가 그 과정 중 일부이겠네요. 모래알만 한 진실이 담긴 나의 이야기가 브랜딩이 되고, 책이 됩니다.

첫째도 둘째도 셋째도 '진정성'입니다.

나는 왜 글을 쓰는가?

언제부터인가 온전히 읽고 쓰기에만 몰입하는 삶을 꿈꾸었습니다. 22년간 익숙했던 일터를 떠나 자유인이 되었을 때 너무 좋았습니다. 1년간은 은둔하며 눈 뜨고 눈 감을 때까지 읽고 쓰기가 전부인 삶을 살았습니다. 그러다가 책과 말로 토해낼 수밖에 없는 시점이 왔고, 함께 읽고 토론하고, 쓰는 공간을 만들었습니다. 지난 2년간은 저만의 공간을 오픈하며 아낌없이 흘려보냈습니다.

SNS와 책을 기반으로 한 두 사람이 모여들었고, 시공간이 뚫린 온라인에서 국,내외 많은 분이 연결되었습니다. 스쳐 지나가는 만남도 있었지만, 초창기부터 저를 신뢰해 주고, 곁을 내주시는 단단한 분들도 계십니다.

가끔은 글방에서 매일 쓰는 이들을 보며 제가 감탄할 때가 더 많습니다. 쓰자고 권하며 글방을 열어드리면서 정작 저 자신은 글벗님들보다 충실하지 못하다는 생각이 들때도 있거든요. 읽고 쓰는 일들을 주로 하고 있지만, 헛헛한 느낌이 들 때 돌아보면 정작 제가 그것에 깊이 들어가 있지 못할 때입니다. '처음의 열정이 벌써 사그라든 건가?', '매년 책을 쓰겠다는 마음은 어디로 간 거지?' 벌려 놓은 여러 일을 마주하며 '이렇게 가는 것이 맞는가?', '이런 삶을 내가 원했던 건가?'하는 작은 의심이 갑자기 봇물 터지듯 이어집니다.

《슬픔은 어떻게 글이 되는가》는 한겨레 신문사에서 13년 일한 김소민 기자의 글쓰기 책입니다. 1부에서는 왜 글을 쓰는지에 관한 이야기를 다룹니다. 기자들이 쓴 책을 가끔 읽었는데요. 기자들은 호되게 야단맞으며 글쓰기를 배우더라고요. 그들은 밥벌이를 위해 사실 위주의 글만을 주로 쓰다가 자신이 사라지는 듯한 느낌을 많이 갖는다고 해요. 이 책의 저자 또한 밥벌이를 위한 글쓰기를 위해, 보고 들은 것을 정확히 쓰고 전해야 하는 기자의 세계에서 '나'라는 중심을 지키기 위해서 '나'를 쓰기 시작했다고 고백합니다.

그녀는 글을 쓰며 이렇게 스스로에게 질문합니다.

> "아무 흔적이 남지 않았다. 내가 뭔데 세상에 흔적을 남기겠나 싶지만, 적어도 내 대뇌피질에는 뭔가를 남겨야 하지 않나. 내 존재가 흐릿했다. 이상하다. 나한테 글쓰기는 밥벌이였는데, 돈 주지 않는 글을 쓰는 건 자해라고 생각했는데, 정말 그럴까?"

저 또한 작은 글방을 열어 매일 글감을 드리며, 글쓰기의 세계로 사람들을 인도하고 있습니다. 이들은 어떤 마음으로 글방을 두드렸을까요? 어떤 마음이 글을 쓰기로 작정하는 행동을 일으켰을까요? 첫 모임에 이 질문을 드리기도 하지만, 한 달 동안 얼굴도 모른 채 무작정 글을 쓰기도 합니다. 이번 달에도 30대에서 60대까지 다양한 세대가, 그러나 주로 여성들이 함께 글을 쓰고 있는데요. 남성 참여자는 아예 없거나, 간혹 한 분이 참여하다가 빠지시기도 합니다.

요즘 '글을 쓰면 돈을 벌 수 있대?', '글쓰기가 모든 것의 기초래?' 라는 많이 듣습니다. 정말 글쓰기로 수십억 자산을 이룬 자청 같은 사람도 있습니다. 평생직장 시대가 저물고 1인 기업으로 살아남아야 하는 시대입니다. 책 100권을 출간한 작가가 "읽기와 쓰기는 이제 취미가 아니라 생존이다."라고 말했듯이, 글쓰기는 정말 중요한 생존 무기입니다. 그러나 이런 외적인 목적만을 위해 나아갈 때 어느 순간 지칠 수 있습니다. 먼저 나를 위한 진실한 글쓰기를 할 필요가 있습니다. 처음에는 일기 같은 글일지라도 말이에요.

소통하고 드러내는 글쓰기의 세계에서, 누가 보든 보지 않든 정직하게 나를 마주하는 글쓰기, 날것과 같은 내 생각과 감정 밑에 있는 진실을 탐구하는 글쓰기, 질문하는 글쓰기, 정말 내가 원하는 삶을 찾아가는 글쓰기 말입니다.

'그래서 변은혜 너는 그런 글쓰기를 하고 있는거야?' 요 며칠 다른 일정으로 조각난 글들만 쓰고, 마무리를 잘하지 못했습니다. 이 책 초고는 몇 달 전 써 놓았는데 계속 손을 놓고 있습니다. 해소되지 않은 감정이 제 안에 가득 쌓였습니다. 1~2주 다른 일정들을 모두 절제하고 퇴고를 시작했습니다. 제가 쓴 이야기를 보완하고 수정하며, '아, 이때 내가 이런 생각을 했었구나.' '써 놓기를 잘했네. 그때 써 놓지 않았다면 지금 이런 글을 쓸 수 있었을까?'를 생각하며, '재밌고 설레는'는 감정이 살아납니다. 한 편의 글을 완성하면서 살아있다는 느낌이 다시 찾아옵니다. '아 글쓰기가 이런 맛있었지.', '글 한 편 한편을 완성하며 책을 만들어가는 과정이 이런 것이었지.'라는 첫 마음을 회복합니다.

그러나 글을 쓰지 못했을 때는 제 영혼이 약간 풀이 죽어 있습니다. 쓰더라도 완성된 글로 마무리하지 못하면 마찬가지입니다. 다른 이의 이야기에 깊이 함몰되어 정작 내 이야기를 꺼내 놓지 못했을 때 정말 '나'를 살아내지 못했다는 부채감을 강하게 느낍니다. 저 또한 읽기와 쓰기의 조절이 여전히 쉽지 않습니다. 체력도 한몫합니다. 핑계일 수 있지만, 책 내용이 궁금해서 원래 정한 시간을 초과해 읽다 보면, 쓰고 싶은 마음과는 다르게 에너지가 바닥나기도 합니다. 그러면 읽고 경험으로 주어진 자극에 비해 그것을 내 삶에 녹여낸 쓰기의 결과물은 너무 초라해져 버립니다.

그래도 쓰기를 포기할 수 없습니다. 함께 쓰자고 사람들을 권해 놓고 정작 저는 빠져나올 수 없으니깐요. 이 모순을 이겨내야만 합니다. 온라인 카페에서 자신을 드러내기로 용기 낸 이들의 열정을 생각해서라도 쓰기를 계속 이어가자고 이 새벽에 다시 한번 다짐해 봅니다.

나를 위한 단단한 글쓰기, 여러분도 시작해보세요.

* 여러분은 왜 에세이를 쓰려고 하시나요? 에세이를 쓰고 싶은 이유를 적어보세요.

'나'라는 소재가 단순히 세상의 안주거리가 되지 않기 위해서는 소재와 소재를 잇는 여백 안에 '사유'와 '성찰'이 필요합니다. 그래야 '나'를 세상에 내어놓겠다는 용기가 섣부른 호기에 그치지 않고 누군가에게 깊은 울림을 줄 수 있습니다.

2장

글쓰기 저항감 100% 줄이기

에세이 쓰기의 좋은 점과 힘든 점

에세이는 '나'를 소재로 하는 글쓰기입니다. 저는 오랜 시간 다양한 장르의 책을 4천 여권 이상 탐독해 왔는데요. 그중에서 잘 안 읽는 장르가 시집, 에세이, 그리고 과학 장르였어요. 이 전글에서 말했듯이, 한 글 모임에서 모은 글들을 책으로 만들어준다는 말에 모임 끝자락에 가서야 쫓기다시피 낸 세 편의 수필이 저의 첫 에세이였습니다.

처음에는 '나'를 드러내는 글쓰기가 너무 부끄럽고, 어색하고 민망했는데요. 조금씩 에세이가 주는 치유와 변화를 경험했습니다. 진행하고 있는 공동 저서 에세이 프로젝트에 참여하신 분 중에는 시인과 소설가도 있었는데요. '에세이는 한 번도 안 써 봤어요.'라고 말하는 분들이 지금은 에세이 책 출간에 이어 글방에서도 계속 쓰고 있습니다. 이처럼 '나'를 쓴다는 것은 치유와 성찰, 변화, 소통과 연대를 가져오는 매력 있는 글쓰기입니다.

함께 에세이를 쓰신 분들에게 북토크에서 물어보았습니다. “에세이를 쓰면서 좋았던 점이 있다면요? 반대로 힘들었던 점도 있다면 나눠주세요.”라고요. 몇몇 분의 고백을 나눠봅니다. 이름은 익명 처리했습니다.

• 허00 : 유튜브 강사다 보니 실용서를 쓰고 싶었어요. 제가 에세이 쓸 것이라고는 상상도 못 했어요. 에세이를 즐겨 읽지도 않고 왜 쓰는지 이해도 못 했어요. 막상 써 보니 내면의 치유가 일어나더라고요. 누구에게나 에세이 쓰기를 권하고 싶어요. 내면에 있는 것들을 밖으로 드러내는 용기가 필요하기에 성장통이 있구나! 하는 생각이 들었습니다. 치유가 일어나 좀 더 성숙한 단계로 바뀌어 가는 거 같아요. 알을 깨고 나온 듯한 느낌이었어요.

• 최00 : 저는 에세이를 많이 읽는 편이고, 위로를 많이 받았어요. 그래서 쓰기도 쉽다고 생각했어요. 막상 써보니 쉽지 않더라고요. 어디까지 나를 드러내야 하는지 막막했고 고민이 되었어요. 그런데 쓰다 보니 그런 고민 자체가 무의미하지 않았는가 하는 생각도 들고요. 쓰면서 조금씩 나를 드러내는 용기를 찾아갔던 거 같아요.

• 이00 : 내 이야기가 소재이기에 조사나 연구 필요 없이 술술 써졌어요. 제 삶이 정리도 되었고요. 에세이의 장점이라 생각해요. 책 출간을 목표로 할 때는 어디까지 공개해야 하나 고민은 들었어요. 제 평범한 글이 공감될까 하는 의문도 있었고요.

• 문00 : 어른들이 자기 삶을 책으로 쓰면 20권은 될 거라고 말하는데

특히 여성들이 자신의 고단함을 그렇게 표현하는 거 같아요. 20~30대에 치열하게 살아왔는데, 그동안 힘들었다는 것을 알아달라고 가족들에게 투정 부렸어요. 그런데 다섯 편의 글을 쓰고 보니 고단함의 무게가 많이 덜어지더라고요. 그리고 책으로 받아 보니 그렇게 힘들었던 부분이 별것 아니게 느껴졌어요. 20~30대 격정적으로 살았던 것이 정리되니 많이 가벼워졌어요. 제 이야기를 쓰면서 지금까지 삶을 정리하고 다음 스텝을 밟게 해 주었어요.

• 이00 : 저는 연구원인데요. 에세이를 쓰고 나니 과학적 글쓰기가 너무 쉬운 일이었더라고요. 나를 들여다보고 드러내는 것이 쉽지는 않더라고요. 처음에는 부끄럽기도 하고 알려질까 봐 두렵기도 했고요. 그러나 성찰과 치유, 변화를 경험하며 계속 써 볼 거예요. 다음 목표도 벌써 세웠어요.

• 조00 : 에세이는 퇴고하면서도 제 이야기를 계속 봐야 하는 것이 어려웠어요. 도 닦는 기분이랄까요. 에세이 쓰다가 일상 속으로 돌아오면 '내가 이래서 이랬구나' 하는 깨달음이 얻어졌어요. 에세이는 자기와 링크가 있는 글쓰기인 것 같아요. 자기 설명서, 자기 매뉴얼 같기도 하고요.

• 천00 : 에세이 쉬울 거 같았는데 막상 써 보니깐 어렵더라고요. 일기는 조금씩 써 왔고요. 그런데 이번에 처음 써 보면서 일기와 에세이는 다르다는 것을 느꼈어요. 에세이는 제 이야기가 '사유'라는 하나의 과정을 거쳐서 의미로, 가치로 재탄생되는 거 같아요.

• 최00 : 원래는 소설만 쓰고 싶었어요. 그런데 에세이도 한 편 쓰라고 책쓰기 프로젝트를 담당하시는 작가님이 말씀하셨어요. 에세이는 민낯

을 드러내야 해서 힘들었는데요. 어릴 때 기억도 깜박깜박하고요. 그런데 글을 쓰려고 하니 삶을 주욱 돌아보는 계기가 되더라고요. 쓰기를 참 잘했다는 생각이 들었습니다.

* 책마음 커뮤니티에서 진행한 북토크에서 작가님들의 고백을 거의 그대로 옮겼습니다.

여러 작가의 에세이 쓰기 경험을 다시 들으며 공감을 많이 했는데요. 저 또한 제 에세이를 쓰는 재미도 있지만, 다른 분들의 이야기를 읽으며 또 다른 즐거움을 얻었어요. 이 즐거움 안에는 위로, 공감, 유머, 통찰 등 모든 것이 들어 있습니다. 말보다도 더 깊은 연결감을 느끼게 된다고 할까요. 진정성 있는 에세이에는 그런 교감과 소통, 연대가 가능한 거 같습니다.

물론 '나'라는 소재가 단순히 세상의 안줏거리가 되지 않기 위해서는 소재와 소재를 잇는 여백 안에 '사유'와 '성찰'이 필요합니다. 그래야 '나'를 세상에 내어놓겠다는 용기가 섣부른 호기에 그치지 않고 누군가에게 깊은 울림을 줄 수 있습니다.

* 에세이를 쓸 때 힘든 점은 무엇일까요? 그럼에도 써야 할 이유가 있다면요.

글쓰기 실력이 부족해요

내가 쓰는 글은 처음 볼 땐 내게 전부 허튼소리처럼 느껴진다. _수전손택

신중년 일자리를 창출한다는 표어 아래 〈한국 관광 공사〉에서 진행하는 한 오프라인 모임에 참여했습니다. 최근 걷기에 빠진 저는 '걷기여행 전문가 양성과정'이라는 공고를 보고 무턱대고 신청했습니다. '일자리 창출'이라는 문구는 나중에 발견했고, 오직 현재 걷기를 좀 더 잘하려는 마음에서 참여했습니다. 제 앞에 앉은 한 중년 여성이 쉬는 시간에 제가 글쓰기 관련 일을 한다는 말을 듣고, "저도 글쓰기를 배우고 싶은데 아직 실력이 부족해요."라고 말하시더라고요.

바로 직전 시간을 진행한 강사님은 각 조별로 토론 질문을 몇 개 주셨는데요. 매 시간마다 조마다의 대화를 끊기 위해서 목소리를 높이셔야

했습니다. 이어진 말씀이 신중년을 대상으로 한 모임 특징 중 하나가 살아온 세월이 많다 보니, 첫째는 친화력이 좋고, 둘째는 대화가 끊이지 않는다는 것이었습니다.

그렇습니다. 내향형이든 외향형이든 신중년 정도의 나이가 되면, 할 말들이 참 많고, 각자의 삶의 터전에서 훈련한 소통 기술로 큰 어려움 없이 서로에게 다가갑니다. 그런데 말이지요. 중장년들은 그렇게 말은 술술 하시는데, 유독 글쓰기는 여전히 어려워하십니다. 기억, 니은, 디귿, 글자를 몰라서가 아닙니다. 어쩌면 한글을 배울 때부터 맞춤법, 틀린 글자 점수 매기기로 우리 기억 안에 글이라는 것에 '평가'라는 딱지가 붙어서인지 유독 더 어려워하는 것 같습니다.

SNS 시대에 누구나 다양한 플랫폼에 글을 자유롭게 올릴 수 있지만, 잘 쓰고 싶은 욕망이 앞서서인지, 쉽게 글쓰기를 시작하지 못하는 이들도 여전히 많습니다. 이 말을 다른 말로 바꾸면, 단번에 완벽한 문장을 쓰고, 베스트 셀러 작가 정도는 되어야 한다는 조금은 조급한 마음으로 쉽게 글쓰기에 진입하지 못하는 것이 아닐까요. 출판 시장은 안 좋아지고, 출판의 벽이 높다는 편견은 여전히 책쓰기는 특별한 사람의 일 정도로 여겨지기도 합니다.

그러나 이미 우리 안에는 저마다의 콘텐츠가 풍부합니다. 제가 참여한 한 신중년 프로그램에서 만난 첫 번째 조원들만 해도, 알고 보면 모두 자기 분야에서 열심히 살아온 이력을 가지신 분들이었습니다.

제 오른쪽에 앉은 분은 법인 사업을 여러 개 운영하는 구조대 대장님이셨고요. 그런 분이 왜 여기에 왔냐라고 여쭈었더니 무기력해져서라고 답변합니다. 그의 이력을 듣고, 무기력이 아니고 번아웃이 아니냐고 되물었더니, 그 단어가 더 맞는 거 같다고 하시더라고요. 제 왼쪽에 앉은 분은 걷기에 대한 바른 자세를 알려주는 강사로 활동합니다. 보디빌딩의 멋진 프로필 사진부터 100대 명산, 100km 완주 등 다양한 걷기 이력을 갖고 있는 분이 왜 이 과정에 또 등록했는지 물었더니 '새로운 배움'이라고 답변합니다.

제 앞쪽에는 은퇴 후, 남편과 수많은 길을 함께 걸었다고 합니다. 산티아고 순례길 사진과 글도 보여주시는데, 남편의 사진은 프로급이었습니다. 저와 대각선에 앉아계신 분은 몇 년 전 수필문학회에서 만나 제 첫 번째 책을 현장에서 바로 구입해주신 분이셨는데, 99세 노모를 모시는 중이라고 합니다. 그녀의 남편 또한 사진작가여서 곧 전시회를 준비하고 있는데, 팸플릿 인사말 원고를 잠시 봐 줄 수 있냐고 물어보십니다. 이들의 이력만 들어도 에세이 한 편씩은 읽은 느낌이 들었습니다.

이렇게 삶이 다채롭고 콘텐츠도 풍부한데, 그것을 언어로 옮기는 것은 유독 어려워합니다. 저는 책쓰기 클래스에 참여하는 분들에게 첫 모임에서 늘 말씀드립니다. "너무 잘 쓰려고 하지 마세요. 그저 말하듯 삶을 옮겨보세요. 우리 안에 이미 이야기가 있습니다. 우선 편하게 쏟아내시고, 그 이후에 다듬어 가면 됩니다." 그렇게 마음의 장벽을 낮추는 일이 글쓰기 코치로서 제 첫 번째 할 일이자 가장 중요한 일입니다.

오늘 새벽에 읽은 페터 비에리의 《자기결정》이란 책에 이런 문장이 나옵니다.

> "자신의 삶을 결정하고 명확한 정체성을 추구한다는 의미에서 삶을 변화시키는 데에 독서보다 좀 더 큰 역할을 하는 것은 이야기를 직접 쓰는 것입니다."

> "소설 한 편을 쓰고 나면 그 사람은 더 이상 이전의 그와 완전히 똑같은 사람이 아닌 것입니다."

신중년, 아직 젊습니다. 모두가 정체되지 않고, 100세까지의 삶을 더 의미 있고 주체적으로 삶을 영위하기 위해 초보이든, 전문가든 많은 이가 배움의 자리를 찾고 있습니다. 인생 2막, 자기의 이야기를 다시 써 가기 위해 시간과 에너지 쏟기를 마다하지 않고 있습니다.

특별히 자기 삶을 결정해 가는 과정에서 "이야기를 직접 쓰는 것"은 무척 중요합니다. 페터 비에리가 말했듯이 "자신이 누구인지 표현하지 않는 사람은 자신이 누구인지 알 수 있는 기회를 놓"칠 수도 있기 때문입니다. 모든 것을 알고 있어서 표현하는 것이 아니라 언어로 표현하는 과정에서 자신을 더욱 명확히 알아가고, 또렷이 대면하게 됩니다.

소설뿐 아니라 특히 에세이는 내 이야기를 쓰는 일입니다. 지난 1년 반여 동안 60여 분 가까이 함께 에세이를 쓰고 책을 출간했습니다. 의사, 교수, 교사, 전업주부, 공무원, 그림책 활동가, CEO, 시인, 소설가 등 다양한 이들이 에세이를 썼습니다. 책의 반응을 떠나, 이 과정에서 무엇보다 변하는 이는 글 쓰는 자신입니다. 분야를 막론하고 모든 이들이 에세이를 썼으면 좋겠습니다. 자기 이야기를 발하는 법을 터득해 갔으면 좋겠습니다.

---

* 누군가와 대화할 때 몇 시간이고 떠들 수 있는 주제는 무엇인가요? 그것이 여러분의 주 콘텐츠입니다. 그 주제로 한 편의 글을 써 보세요.

글 잘 쓰는 방법이 있을까

며칠 전 1인 기업가를 양성하는 김형환 교수님의 초청으로 인스타 라이브 방송으로 인터뷰할 기회가 있었습니다. 유튜브 라이브는 실제로 만나서 녹화해야 하는데, 인스타 라이브는 어디서든 함께 접속할 수 있어서 편리합니다. 여러 개의 SNS 플랫폼에서 글과 이미지, 목소리로 저를 노출하고 있지만, 불특정의 누군가가 보는, 그것도 얼굴을 공개하는 라이브 현장은 제가 미루고 미룬 일입니다. 그러나 막상 참여해 보니, 누가 볼까 하는 마음은 어느 새 떠나가고 주고받는 질문과 대답 속에서 편안히 제 생각을 말하고 있었습니다.

라이브 방송을 할 즈음에 출간한 《나는 매년 책을 쓰기로 했다》라는 책 때문인지, 교수님은 글 잘 쓰는 방법에 관해 질문하셨습니다.

저는 오랜 독서가 자연스럽게 글쓰기로 이어졌습니다. 글을 쓰고 싶은 마음은 수년 전부터 저도 모르는 사이 싹트고 있었지만, 본격적으로 쓰겠다고 결정한 것은 3년 조금 넘어갑니다. 읽고 쓰기에 몰입한 2~3년의 짧은 시간 동안 어느새 저는 네 권의 개인 저서와 여러 권의 공저를 쓴 작가가 되어 있었습니다. 실험 삼아 써 본 챗 GPT 시집과 동화책까지 말입니다.

여전히 저는 글과 글 사이를 서성이며 길을 잃기도 하지만, 멈추지 않는 이유를 예비 작가들에게 종종 건네는데요. 이는 글 잘 쓰는 방법과도 이어집니다. 내 이야기를 공적인 행위로써의 글 즉, 책 출간을 결심한 이들의 마음을 조금은 이해하면서 말입니다. 아직 처음 책 출간했을 때의 마음이 생생하거든요. 인터뷰한 영상을 돌려보며 저의 평상시 생각이기도 해서 다시 정리해 보았습니다. 글 잘 쓰는 방법은 무엇일까요?

첫 번째, 잘 쓰려고 하지 마세요.

글쓰기의 최대 적 중 하나는 '잘 쓰려고 하는 마음'입니다. 글을 잘 쓰려고 하는 사람에게 잘 쓰려고 하지 말라니 이게 대체 무슨 말인가요. 잘 쓰려고 하는 마음에는 완벽주의, 두려움, 욕심이 들어가 있습니다. 오히려 이런 것들이 마음에 부담감을 주어 우리 안에 있는 자유롭고 창조적인 생각들을 억누르고, 그것을 글로 풀어내지 못하게 합니다. 반면 힘을 빼고 잘 쓰려는 마음을 내려놓으면 비교에 나오는 열등감이 어느새 사라지고 나다운 글을 쓰게 되는 경우가 더욱 많음을 경험하게 되지요.

특히 글을 쓰려는 분들은 어느 정도 독서력도 있는 분들입니다. 좋은 글들을 많이 읽었기에 글 보는 수준이 높습니다. 그래서 내 글은 허접하게 보이고, 기준은 높기 때문에 글쓰기를 포기하는 경우가 많습니다.

잘 쓰려고 하는 마음을 우선 내려놓아야 합니다. 특히 초고는 짧은 시간 안에 많은 것을 쏟아낸다고 생각하고 써 보세요. 그리고 퇴고하면서 주제에 맞지 않는 것은 더하고 빼기를 해 봅니다.

그렇게 일기 글일지라도 많은 양을 써 보고 퇴고도 해 가다 보면, 자신의 글에 대한 감이 생겨납니다. 갑자기 글쓰기 실력이 훅 늘어날 수 없습니다. 양이 질을 만듭니다. 그래서 저도 매일 조금이라도 읽을 뿐 아니라 써 보려고 노력합니다.

두 번째, 자신을 믿기입니다.

'자신을 믿어라'. 자기계발서에서 정말 많이 강조하는 내용입니다. 이는 어떤 글쓰기 기술보다도 더 중요한데요. 특히 여성들은 타인 중심으로 살아온 시간이 많습니다. 특히 우리 어머니 세대들, 그 위 세대들은 더 했지요. 물론 요즘에는 디지털의 발달로 여성들이 숨을 트고, 참고 살아왔던 세월을 보상이라도 하듯이 더욱 활발하게 활동하는 거 같아 좋아 보입니다. 그런데도 글을 쓰려고 하면 여전히 자기 검열이 발동되고, 글 앞에서 갑자기 초라해진 자신을 대면합니다. 무언가를 쓰고 싶었고, 그래서 이야기를 적어 갔는데, 써 놓은 글을 보니 내 이야기, 내 삶이 너무 평범해 보이는 거예요. 수없이 읽었던 책 속 아름다운 문장에 비해 내 문장은 너무 비루해 보입니다. 갑자기 자신감을 잃습니다. 처음 열정과 다르게 쓰지 않을 수많은 이유가 갑자기 생각납니다. 며칠 전 함께 공동 저서를 쓰던 한 분은 최근 다중지능검사를 해 보았는데, 1,2,3순위에 언어지능이 없다고 말씀하십니다. 그러면서 이런 자신이 글을 쓸 수 있겠냐고 저에게 묻습니다. 수많은 상황이 쓰지 못할 증거로 갑자기 둔갑하며 열정의 문을 가로막습니다.

글을 쓰는 과정 자체는 어쩌면 '나'라는 사람을 시험대 위에 얹어 놓는 행위와도 같습니다. 화려한 성과도 성공도 없었고, 누구보다 평범한 삶을 살아온 내 삶이 살 가치가 있었는지, 타인의 인정은 둘째치고 내가 나를 인정하는지를 확인하는 자리 말입니다. 무엇보다 나를 믿고, 내가 살아온 삶을 믿고, 그 안에 결국 답이 있다는 것을 신뢰하고 써 가는 것이 중요합니다. 글을 쓰며 이 힘을 길러갑니다.

이미 살아온 날이 많습니다. 요즘에는 초중고 학생들도 쓰고, 20대도 씁니다. 더 많은 날을 살아온 중년들의 쓸 이야기는 무궁무진합니다. 그 시작은 나에 대한 믿음에서 시작합니다.

세 번째, 좋은 글 많이 읽기입니다.

사람들에게 영향을 미친 좋은 작가들은 독서를 즐겨합니다. 무수한 고전은 자기 안에 답이 있다고 말하지만, 그 답을 길어내기 위한 마중물이 때론 필요하지요. 좋은 것을 먹을 때 좋은 몸을 만들어갈 수 있듯이 읽기도 마찬가지입니다. 좋은 글을 읽어야 바르고 선한 생각과 가치관이 형성되고 좋은 사람이 되어갑니다. 잘 읽는 만큼 좋은 글도 쓸 수 있습니다.

네 번째, 함께 쓰기입니다.

이건 잘 쓰는 방법보다는 꾸준히 오래 쓰는 방법입니다. 이제 막 글을 쓰기 시작하든, 책을 출간한 작가이든 꾸준히 쓰는 것은 쉽지 않습니다. 그때 필요한 것이 환경설정인데요. 대부분의 성공한 사람은 의지를 믿지 말고 시스템을 믿으라고 말합니다. 그런데 꾸준히 쓰다 보면 어느새 글 실력도 늘어서 잘 쓰게 됩니다.

한 책벗님이 제가 운영하는 커뮤니티 단톡방에 다음 문장을 올려주셨습니다.

장기전에서 성공할 수 있는 유일한 방법은 의지력을 사용하지 않아도 되는 시스템을 만드는 것뿐이다. _《더 시스템》, 스콧 애덤스

꾸준히 오래 쓰고, 잘 쓰고 싶다면, 시스템을 만드세요!

글 쓴 후에 찾아온 변화

책을 쓰지 않았다면 만나지 못했을 사람들을 많이 만났습니다. 책은 좁은 나만의 공간에서 벗어나 '사람'과 '세상'을 연결해 주었습니다. 강의나 말은 많은 것을 담아낼 수 없습니다. 그러나 책은 말과 영상으로 다 담아낼 수 없는 좀 더 세밀한 부분을 표현해 줍니다. 책을 읽고 공감하며 인사이트를 얻은 독자들은 저자와 또 다른 느슨한 연대로 연결됩니다. 꾸준히 책을 쓰는 작가는 그 생각에 동의하고 공감하는 사람들을 조금씩 얻어가고, 다양한 공간에서 같이 또 따로 함께하게 됩니다.

한 독자는 제가 쓴 《북클럽 사용 설명서》을 세 번이나 읽었는데 또 읽을 거라고 하십니다. 열린 마음, 배우고자 하는 마음, 성장하고자 하는 마음을 가진 겸손한 분들로부터 저 또한 배웁니다. 글은 이렇게 또 다른 소

통과 연결을 낳고, 작가와 독자의 위치를 떠나 서로를 함께 빚어갑니다.

글을 쓰는 힘만큼 삶은 힘이 있습니다. 글을 쓰며 수시로 어제와 오늘, 미래를 조망하기에 주어진 삶을 함부로 살 수 없습니다. 독서해야만 보이는 세상이 있는 것처럼 글을 써야만 보이는 세상이 있습니다. 독서를 통해 새로운 세상을 접하는 사람이 책 읽기를 멈출 수 없듯이, 쓰기를 통해 또 다른 세상을 발견해 가는 자도 글쓰기를 멈출 수 없습니다.

성공한 사람의 특징

오늘도 읽은 책 한 부분에서는 글을 쓴다고 다 성공할 수는 없겠지만 성공하는 사람의 공통 재능이 '글쓰기'라고 말합니다. 이들은 압니다. 재능과 실력이 있어도 글을 쓰지 않으면 세상이 자신을 알아줄 길이 없거든요.

그래서 모두가 글을 썼으면 좋겠습니다. 성공의 정의는 저마다 다릅니다. 모두가 1등이 될 필요도 없습니다. 그러나 누구나 삶을 이어가고, 그 삶은 글이 될 수 있습니다. 소중하지 않은 생은 하나도 없기에, 어떤 삶도 말할 가치가 있다고 생각합니다.

인터뷰 끝에 저도 진행하는 교수님께 지금의 일을 오랫동안 이끌어가는 깊은 동력을 여쭈었습니다. 그는 컵의 기능은 컵을 만든 사람이 결정한다고 말씀하셨습니다. 하고 싶고, 되고 싶은 인간적인 욕구를 모두 끄집어내다 보면 힘이 많이 들어가게 되는데, 우리의 삶은 저마다의 부름을 받은 존재 이유가 있다는 것이지요. 교수님은 상담할 때도 상대가 무엇으로 만들어졌는지 보려고 하신다고 답변하셨어요. 남보다 빨리, 크게 가는 목표가 중요한 방향이 아니라는 말씀하셨어요. 누구에게나 타고난 기질이 있고, 후천적 경험이 있는데, 이를 가만히 지켜보면 그 사람의 존재 가치가 희미하게나마 보인다고 합니다. 마찬가지로 교수님도 일의 동력이 이 존재가치에서 나오지 않겠느냐고 답변하십니다.

글쓰기는 자신의 존재 가치를 확인하는 자리입니다. 이 발견은 존재에 힘을 가져다줄 뿐 아니라, 삶과 일의 터전인 세상에 나아가는 동력을 지속해서 제공합니다. 독서를 통해 자기를 일으켜 세워가지만, 글은 나와 동시에 타인에게도 영향력을 미치는 강력한 도구입니다. 이 쓰는 기쁨을 누구나 누렸으면 좋겠습니다.

---

* 당신의 글쓰기 시스템은 무엇인가요? 없다면 오래, 잘 쓰기 위해서 어떤 환경 설정을 하시겠어요? 시간과 공간, 구체적으로 적어 보세요.

은둔형 작가,
소통형 작가 당신의 선택은?

며칠 전 SNS에서 한 작가의 프로필을 보았습니다. 강연 사절, 방송 출연 사절. 대부분의 작가는 어떻게든 강의하고 방송 출연하려고 다양한 채널로 갖은 노력을 다합니다. 최근 책을 출간한 한 작가는 아침 방송에 출연한 사실을 SNS에 대대적으로 홍보했습니다. 모두가 그러할진대 '이 작가님은 뭐지?'하는 생각에 한 번 더 프로필을 유심히 들여다보았습니다. 얼굴을 아예 노출하지 않은 것도 아닌데, 왜 그런 선택을 했을까? 어느 정도 인지도 있는 작가지만, 어려운 출판 시장에서 책만으로도 충분히 먹고 살 정도가 되나? 이미 경제적 자유를 누린 것일까? 나름 이유를 짐작했지만, 그래도 궁금했습니다.

그러다가 그분의 또 다른 SNS채널에서 '자신이 강연을 거절하는 이유'라는 제목으로 자신의 책 속 문구를 살짝 소개하는 영상을 보았습니다. 정확한 단어는 기억나지 않지만, 자신은 서점을 돌아다니며 개인의 자유를 누리고 싶다는 내용 비슷한 것이었습니다.

한편으로 '부럽다'라는 감정이 올라오면서, 또 다른 감정과 충돌했습니다. 오늘 새벽에 자본주의에 맞서 인간다움을 회복하기 위해서 낯선 이들에게 자리를 내어주는 작은 공동체를 꾸리자는 정여울 작가님의 책 속 한 페이지를 읽었거든요. 저 또한 때로는 읽고 쓰기에 더 집중하고 싶다는 마음이 강렬하게 일어납니다. 2년을 숲에 들어가 산 소로보다 더 긴 기간을 저는 은둔형으로 살아도 충분히 살 수 있는 성향의 사람입니다.

그런데 '나는 왜 지금 이렇게 살고 있는가?'라고 저에게 다시 질문합니다. 이 글을 쓰는 얼마 전에도 1시간 40분 거리에 있는 한 도서관에서 강의하고 왔는데요. 주말 등산의 여파가 아직 남아있어서인지, 그날따라 새벽에 일어나는 것이 힘들었습니다. 나는 왜 새벽 5시에 줌을 열고, SNS를 하고, 여러 클래스를 열고, 재능 기부 강의를 하고, 또 다른 무언가를 배우며, 시간과 돈을 투자하고 있지를 되돌아보았습니다. 단 하나, 한 사람이라도 더 나은 삶을 살게 하고 싶은 사명, 비전 때문입니다. 그것만 없으면 저도 혼자 유유자적하며 살 수 있거든요.

그 작가가 부러우면서도, 한편으론 낯선이에게 자리를 만들어 줄 수 있는 여유를 좀 가지면 어떨까 하는 생각이 들었습니다. 강연도 북클럽도 낯선이에게 자리를 만들어 줄 수 있는 작은 공동체가 됩니다. 조금은 자기 성향을 극복해야 할지라도 작가를 글로 만난 사람은 얼굴로도 보고 에너지를 얻고자 하는 이들이 분명히 있을 테니까요. 약간의 아쉬움이 있었습니다. 물론 각자마다의 상황, 성향, 추구하는 라이프스타일이 있을 것입니다. 아마 그 작가도 그럼에도 고민하고 있지 않을까 하는 생각도 듭니다.

이것은 저만의, 그 작가만의 고민일까요? 그렇지 않다고 생각합니다. 대부분의 작가는 두 가지 감정 속에서 늘 충돌하리라 생각합니다. 책으로만 충분히 먹고사는 사람들도 어떤 이유가 되었든 강의하고 방송에도 출연하고 사람들과 소통합니다. 어떤 사람은 글에 정말 매진하기 위해 그런 선택을 하기도 합니다. 《토지》를 쓴 박경리 작가는 50여 년을 세속과 단절하고 글쓰기에 매진했으니까요. 각 작가의 상황과 성향에 따라 한 선택이기에 존중하며, 저도 지금의 선택이 언제든 바뀔 수 있음에 늘 열어두고 있습니다. 갑자기 은둔하며 에너지를 온통 거기에 집중할 수도 있습니다.

분명한 것은 외부 활동을 하느라 정말 자신의 소명을 잃지 말아야겠지만, 글만을 쓰든, 외부 활동을 하든, 낯선 이의 자리를 남겨두는 작가가 되었으면 합니다. 글이든 말이든 모두 이를 위한 것이 아닐까요.

---

* 은둔형 작가, 소통형 작가 당신의 선택은요?

산만함을 의미로 생산하는 방법

"나는 산만해서 도통 글쓰기에 집중할 수 없어."라고 생각하는 사람이 있나요? 《게릴라 러닝》의 저자는 '산만함'을 긍정합니다. 그녀는 '산만함'을 다른 말로 '지적 호기심'이라고 합니다. 자신의 충동이 향하는 분야를 기왕이면 잘 파고들어, 처음 느꼈던 순수한 사랑을 최대한 보존할 방법을 강구하는 거지요. 그녀는 흥미와 생존을 구분하지 않는 방식을 추구하다 보면 취미를 생업과 구분할 수 없게 된다고 말합니다. 일과 삶이 하나가 되는 거지요.

그렇게 해서 산만한 기질의 저자는 통번역대학원 다닐 때 단독저서 3권, 공저 1권, 번역서 4권을 작업했다고 해요. 석사과정을 한 번 더 하면서 출판 활동을 비슷한 강도로 이어갔던 거지죠.

보통은 결심과 실행 사이에 간격이 먼데, '흥'을 어떤 형태든지 바로

'의미'로 생산하기에 결심과 실행 사이의 간격을 좁게 만들어 아웃풋이 빠르게 나온다고 합니다. 작가는 이런 학습 방식을 '게릴라 러닝'이라고 표현합니다.

게릴라 러닝은 외부의 규칙보다 자기 안의 자율성을 더 존중합니다. 내 안의 흥미를 좇아 어디서든 즉시 생산합니다. 규칙을 버리고 속도를 높이는 거죠. 바깥의 규칙에 얽매이지 않음으로 순간을 살아가는 자신의 흥미만을 동력으로 삼기에 속도가 빨라집니다.

또한 하루 단위로 일정을 관리하면서 자잘한 시간을 저축하지 않고 원하는 대로 시간을 쓰면서 발전해 갑니다. 몇 년씩 미루어질 수 있는 계획을 흥을 중심으로 최대한 빨리 실천해 오히려 시간을 버는 거죠. 산만하기에 도통 잠자코 기다리지를 못하고 당장 뭐라도 해서 시간을 채웁니다.

게릴라 러닝은 산만함은 타고나는가 아닌가를 묻는 대신 긍정하고 내버려둡니다. 그리고 그 가운데 우연히 심어지는 씨앗이 생기면 뿌리를 내릴 수 있도록 최대한 깊이 파고들어 몰입합니다. 이 씨앗을 장차 무엇으로 만들어야 한다는 고민조차 하지 않습니다. 그러다가 다른 씨앗이 심어지면 또 그것을 틔워봅니다.

또 다른 씨앗에 관심이 쏠리면 쏠리는 대로 따라가는 거죠. 흥미가 꽂히는 영역이라면 무엇이든 파고들고, 새로운 주제가 눈에 들어오면 일상을 그 주제를 중심으로 굴려 보는 거죠. 예를 들어 여행에 한 번 꽂히면 거의 모든 여행 유튜브 영상을 시청하거나, 부동산에 꽂히면 그에 관한 거의 모든 강의를 수강하는 것입니다.

꽂히는 관심사라면 무엇이든 신속하게 파고드는 측면에서 중요하게 길러야 할 힘은 흥미가 결국 무엇이 될지 당장 답을 구하지 않고, 지속하는 시간을 늘리는 것. 흥미는 일부러 만든다고 생기기 어렵거든요. 그러나 어딘가에 이끌려 불이 붙었다면 그 에너지를 타고 몰입을 최대한 유지하는 데 신경을 씁니다. 이렇게 몰입하기에 오히려 시간을 절약합니다. 흥미가 생산성을 방해하는 요인이 아니라 모든 생산의 시작점인 거죠.

관심이 갑자기 사라져도 죄책감을 느끼지 않습니다. 결국 필요한 건 '재미'와 '의미'이고, 게릴라 러닝은 이렇게 발산하는 흥미를 긍정하고 그럼으로써 성취해 갑니다. 몰입이 가능한 상태를 최대한 추구하고 만끽하는 거죠.

구글이 3만 명을 해고하는 시대입니다. 외부에서 부여한 의미를 따르려는 시도가 오히려 생존을 불안하게 할 수 있습니다. 인공지능이 일자리를 위협하고 있지만, 디지털 세상에서는 '이런 것도 것도 일이 될 수 있어.'라는 생각이 들 정도로, 새로운 일자리가 계속 생겨나고 있습니다. 저자처럼 취미를 비즈니스로 만든 이들이 많아지고 있습니다. 흥이 있고, 좋아하는 일은 몰입해서 계속 이어갈 수 있고, 지속적으로 하다 보면 잘할 수 있기 때문입니다.

저자는 "자신의 느낌을 숨기는 순서대로 대체된다."고 말합니다. 참 무서운 말이지요. 외부를 좇아가는 삶이 아닌 순간 생겨나는 흥을 내적인 동력으로 삼아 스스로 의미를 만들어 내야 대체되지 않는 삶을 살아갈 수 있습니다.

저 또한 22년간 머물렀던 일터를 떠난 후, 2~3년 간 읽기와 쓰기에 미치도록 몰입했던 거 같아요. 조직 안에 있을 때는 24시간 시간표를 매일 작성할 정도 완전 계획형으로 살았었는데요. 퇴직 후, 가슴 뛰는 일만으로 내 삶을 구성하자라고 결심하고 그렇게 살다 보니, 눈을 뜨는 시간부터 감는 시간까지 그 일에 몰입하고 있더라고요. 꼭 시간을 꼼꼼히 재지 않아도, 시간을 물 쓰듯이 쓰는 거 같은데, 몰입하니 여러 결과물들이 어느 순간 눈 앞에 있었습니다.

오늘 하루 무엇을 하셨나요? 내버려두어도 마음이 가는 그 무엇인가를 충분히 만끽하셨나요? 아니면 산만하게 흩어진 시간 속에서라도 짧은 흥들이 있으셨나요? 에세이의 소재는 '내 삶'입니다. 무엇을 써야 할지 모르겠다고 말하지만, 가만히 하루의 삶을 관찰하면 흥과 의미 조각들이 무수히 우리의 감각을 스쳐 지나갑니다.

분초 사회가 하나의 트렌드로 자리잡힌 시대에, 우리는 시간을 분초 단위로 관리하며 다이어리를 작성합니다. 수많은 일정이 노트를 가득 메웁니다. 그러나 여러 일정을 오가며 산만한 하루를 보냅니다. 도통 집중하기 힘든 현대 사회에서 우리는 그 순간들을 지혜롭게 낚아채야 합니다.

에세이 쓰기는 하루라도 그냥 흘려 보내지 않겠다는 결단입니다. 순간에 주어진 흥을 붙잡아 의미로 바꾸는 시간입니다. 산만한 하루가 '쓰는 시간'을 통해 흥을 재경험하고 의미로 탈바꿈하는 시간으로 변화합니다.

대충 탁월해지기

《게릴라 러닝》의 저자는 자신이 진행했던 프랑스 수업 '용꼬리반'을 소개합니다. 이름이 특이하지요? 용이 되려고 애쓰기 보다, '꼬리도 용이다.'라는 거죠. 턱걸이로 들어갔을지라도 버티다 보면 역량이 올라간다라는 의미에서 지었다고 해요. 현재 실력에 맞춰 목표를 낮추는 대신 높은 목표를 설정하고 달성할 수 있는 확률을 어떻게든 높이는 전략을 가진 거죠.

그러나 이 반의 지향점은 '대충 탁월해진다.'입니다. 보통 '완벽'해지고자 하는 심리가 하염 없이 목표를 미루게 하는데요. 미룰 바에야 대충이라도 우선 실행하자는 뜻입니다. 이런 지향점을 가지면 새로운 분야로 진입하는 데 감정적 비용이 크게 들지 않습니다. 결심 이후 곧장 연습하고, 원하는 목표를 이루지 못해도 소모되는 감정비용이 거의 들지 않습니다.

용꼬리반의 학습 곡선 M자인데요. 중간에 잠깐 쉴 수 있습니다. 포기가 아닙니다. 잠깐 쉬는 시간에 이루어지는 다른 배움들은 다시 시작할 때 도움을 줍니다. 점진적이지 않고 들쑥날쭉한 성장곡선 앞에서 채근하지 않으면 곡선이 상승하는 거죠.

"게릴라 러닝은 자꾸만 재능이 어디까지인지 찾는 습관이 잠재력을 해치고 성취를 막는다고 본다. 그러니 실패할 확률이 있는 승부에 최대한 빨리, 덜 준비된 채로, 대신 자주 시도한다. 그리고 성과의 어느 부분까지가 노력이고 어느 부분까지가 재능인지 궁금해하지 않는다. 그렇게만 한다면 대충 탁월해질 수 있고 그렇게 거둔 결과가 하나씩 더해지면 삶에서 활용할 수 있는 자원은 폭발적으로 늘어난다."

완벽을 지양하고, 대충 탁월해지는 목표로, 산만할지라도 '흥'이라는 작은 씨앗에 주목해서 의미를 키워가는 학습 방식, 글쓰기에도 필요한 태도입니다. 순간순간 작은 영감이 '흥'이 될 수 있겠네요. 순간의 영감, 놓치지 마세요. 씨앗을 심어야 열매가 맺힙니다.

스위스 컨설턴트 필리페로틀린과 페터 베르더가 2007년에 '보어 아웃'(bore out)라는 개념을 만들었습니다. 이는 과중한 노동으로 소진되는 '번아웃'(burn out)과는 다르게, 노동이 너무 '쉬워서' 무력감에 빠지는 현상인데요. 과다한 노동뿐 아니라 자신의 역량에 비해 너무 낮은 성과를 요구해서 '상승하는 감각을' 느끼지 못하면 보어 아웃에 빠지게 된다는 거죠.

글쓰기에 완성은 없습니다. 삶을 성찰하는 에세이는 하루하루가 도전입니다. 보어아웃에 절대 빠질 수가 없죠.

놀이하듯 즐겁게 했으면 썼으면 좋겠습니다. 처음에는 내 안에 흥이 생기는 분야를 대충 탁월해진다는 마음으로 가볍게 시작해 봅니다. 계속 시도하다 보면, 점차 삶과 글의 용이 되는 것을 경험하실 겁니다.

에세이 쓰기가 쉬운 이유

《게릴라 러닝》의 저자 이민경의 프랑스어 수업은 조금 독특한데, 학생들에게 문법을 가르치지 않을 뿐 아니라 네 달 반의 과정 중 첫 두 달은 글자조차 보여주지 않는다고 합니다. 몸이 완성되기 전에 머리만 빠르면 느린 입에 대한 수치심만 늘어나기 때문이라고 합니다. 소리를 듣고, 각각의 소리를 구별하고, 스스로도 똑같이 발음할 수 있도록 훈련한 다음, 소리의 조합을 통해서 의미를 터득한 뒤부터 읽어도 충분하다는 것입니다.

그녀는 '말하기'도 세 달째까지 가르치지 않는다는데요. 말을 잘하려면 말이 알아서 튀어나갈 때까지 기다리면 된다는 거죠.

> "불필요하게 꺼내지 않고 튀어 나갈 때까지 기다리면 빠르고 좋은 결과가 나온다. 글쓰기도 비슷하다. 나는 23세에 첫 책을 썼는데 그 책이 베스트셀러가 되어서 엉겁결에 작가로서 활동을 시작했다. 그러나 나는 그전에 글을 쓰지 않았기 때문에 폭발적으로 생산할 수 있었다고 본다. 23년간 한 번도 섣불리 시도하지 않고 이미 쓰인 글을 읽어 해치우기만 한 경험이 특정한 계기에 자발적으로 튀어 나갔기 때문이다."

글과 말은 한 번 방법을 알아내면 잊어버리기 어렵다는 공통점이 있습니다. 에세이쓰기는 자기 삶을 소재로 한 글쓰기이잖아요. 이미 우리는 경험이라는 자산을 수십 년간 성실하게 인풋해 왔습니다. 어떤 이는 20년 동안, 어떤 이는 50년 동안. 그래서 '쓸 이야기가 없다.', '무엇을 써야 할지 모르겠다.'고 말하지만, 에세이를 쓰러 온 사람에게 약간의 주제나 글감을 던져 주면, 모두 잘 써내시더라고요. 그동안 인풋한 경험이라는 자산이 자발적으로 튀어나오는 것이지요. 어떨 때는 분량이 넘쳐서 잘라내야 하는 경우도 많았습니다.

꼭 독서를 많이 해야, 글을 잘 쓸 수 있는 건 아닙니다. 에세이 쓰기는 누구나 할 수 있습니다. 우리 모두 어떤 형태로든 쌓아 온 자기만의 삶이 있으니깐요.

---

* 오늘 당신의 흥은 무엇이었습니까? 그 흥을 긍정해 주세요. 흥을 의미로 바꾸는 시간, 오늘의 짧은 에세이 한 편을 써 보세요.

습관의 힘

많은 이가 성공한 사람들의 습관에 주목합니다. 관련 콘텐츠들을 SNS에서 많이 보실 수 있으실 거예요. 좋은 습관은 몸과 마음을 건강하게 합니다. 문제는 실천이겠지요. 바쁜 현대인이 글 쓰는 습관을 지니기가 쉽지 않습니다. 그러나 이를 몸에 지닌다면 100세 시대를 살아갈 무기 하나를 장착하는 겁니다. 여러분의 글쓰기를 도와줄 성공 습관 세 가지를 나눠봅니다.

첫 번째는 아침 루틴 한 시간 갖기입니다.

성공한 이들은 다른 이들보다 특히 이른 아침 시간을 선호합니다. 아무도 방해받지 않는 이 시간에 긴급하지 않지만, 중요한 일들을 우선으로 행합니다. 독서, 글쓰기, 명상, 운동 등 무엇이라도 좋습니다. 점처럼 작은 시간을 축적해 간 하루가 쌓여 내일이 됩니다.

"아침을 통제하는 자기 인생을 지배한다."

이른 아침 한 시간은 하루를 허겁지겁이 아니라 좋은 기분으로 적극적으로 맞이하게 합니다. 그리고 중요한 사실은 일찍 일어났다는 것이 아니라 그 시간에 무엇을 집중해서 했느냐겠지요. 글쓰기를 통해 또 다른 세계로 삶을 확장해 보세요.

두 번째, 독파할 기세로 책을 읽습니다.

독서는 시대를 막론하고 지성을 키울 수 있는 중요한 수단이지요. 책만큼 효율적이고 폭넓게 지성에 작용하는 것은 없습니다. 억만장자들은 그들끼리 서로 교제를 많이 하는데요. 읽고 있는 책 정보를 많이 나누며 취향을 파악한대요.

모바일이든, 실제 소통이든

"이 책 읽어보셨나요?"

"물론 읽었습니다!"

"00 씨, 이 책을 읽으셨다면 다른 이 책은 어떤가요?"

"아, 그것도 저번 주에 읽었습니다!"

"역시 00 씨네요."

그들이 사업으로 돈을 벌었든, 투자로 돈을 벌었든, 시대를 빠르게 읽고, 도태되지 않으려면 책만큼 가성비 좋은 공부가 없음을 압니다. 그들의 암호는 "이 책은 읽어보셨나요?", "네, 읽었습니다!" 여러분은 어떤 책을 읽고 계시나요? 라고 해요.

반대로 "저는 책이 어려워서 독서를 싫어합니다"라는 발언은 스스로 "나는 바보입니다."라고 선언하는 것이라 합니다. 읽는다고 모두 억만장가 되지는 않겠지만, 열심히 읽고, 정보를 나누면서 몸과 마음의 억만장자만은 되자고요. 글쓰기의 힘은 꾸준한 인풋에서 나옵니다.

세 번째, 꼼꼼하게 메모합니다.

많은 사람은 매일, 매시간 맥락 없이 쉬지 않고 이것저것 생각합니다. 이처럼 계속 생각하기 때문에 오히려 잊어버리게 되는데요. 메모로 남기지 않으면 뭐가 뭔지 정말로 알 수 없게 됩니다.

손으로든, 폰으로든 메모하지 않으면 순간의 통찰이 모두 날아갑니다. 수시로 메모할 때, 전체를 보고, 그것을 엮고 융합하는 힘이 생깁니다. 읽지만 말고, 소중한 하루를 흘려버리지 말고, 꼭 손을 움직이셔서 메모하시길 바랍니다. 일상의 영감을 꼭 기록하세요.

한 등산 모임을 마친 후, 식사 모임에서 20년간 산행하신 대장님 앞에 앉게 되었습니다. 그는 새벽 2시에 헬스장을 가고, 헬스를 마친 후는 4시부터는 마라톤을 뛰기도 한다고 해요. 산행 전, 보이지 않는 기초 체력의 힘은 여기에서 나왔습니다.

독서와 글쓰기 수업에서 이런 말을 종종 듣습니다. "왕년에는 제가 좀 읽었어요.", "어릴 적에는 글쓰기 상도 받은 적이 있어요.", "책을 한 권 출간했었어요."라고 말하는 이들을 종종 만납니다. 그러나 이어서 "10년 동안 아무 일도 하지 않아서인지, 다시 읽으려니 머리에 안 들어와요.", "다시 쓰려니 잘 안 써지네요.", "매일 쓰기 힘들어요."라는 말을 합니다.

운동도 쉬면 근력이 점차 사라지듯이 읽고 쓰는 근력도 쉬면 어느 순간 사라지고 맙니다. 지루하지만, 성실한 반복을 해야 할 뿐입니다. 약간의 희열을 위해 순간의 고통을 감내해야 합니다.

함께 식사한 대장님에게 20년을 산행하고 운동했으니 "산행이 쉬우시겠어요?"라고 여쭈었습니다. 의외의 답을 해 주셨어요. "저희도 늘 힘들어요."라고 답하는 겁니다. 이 답변에 잠시 멈칫하며 생각에 잠겼습니다. 초보보다는 당연히 쉬울 것입니다. 그러나 한때가 아닌, 매일의 반복만이 계속 산을 오르게 합니다. 마찬가지로 매일 읽고 쓰면, 글쓰기가, 책 출간이 쉬워진다기보다 멈추지 않게 합니다.

인생의 본질은 어디에나 비슷합니다. 습관의 힘은 무섭습니다.

---

* 글쓰기 성공 습관 세 가지 중 현재 당신에게 몇 가지를 실천하고 있나요? 글쓰기와 관련해서 앞으로의 습관 계획을 글로 기록해 봅니다.

쓰기와 열정의 관계

저를 계속 움직이게 했던 힘은 제 일을 사랑하는 것뿐이었습니다. 여러분도 사랑하는 일을 찾아야 합니다. _스티브 잡스

'일'하면 어떤 생각이 드나요? 힘겨워서 하루빨리 이 노동에서 벗어나기를 원하나요? 즐겁고 행복한 무언가로 기억되나요? 우리 삶의 많은 부분을 차지하는 일에 대해 어떤 관점을 가졌는지에 따라서 일은 회피하고 싶은 노동이 되거나, 하루를 설레며 맞이하는 삶의 방식이 되기도 합니다.

더불어 그렇게 많은 시간을 차지하는 일에서 성공하기 위해서는 단순히 능력과 실력만 있어서 되지 않습니다. 능력에 열정이 더해져야 하는데요. 열정은 끈기를 가지고 끝까지 해내는 투지를 말합니다.

능력 * 열정 * 추진 방법 = 성공

열정은 어디에서 나올까요? '사랑'에서 나옵니다. 연애 시절을 기억해 보세요. 사랑하는 연인을 위해 평상시에 없던 열정도 샘솟습니다. 밤낮 가리지 않고 그나 그녀를 위해 모든 것을 하게 만들지요.

교세라의 창업주이자 경영의 신으로 불리는 이나모리가오즈는 "지금 하는 일을 사랑하는가, 미치지 않으면 사랑할 수 없다. 자기 일에 애정이 없는 사람은 자기 일을 해내지 못한다."라고 말했습니다.

일흔이 넘은 디자이너 앙드레김은 함께 일한 모델들, 만난 사람들을 잘 기억했다고 해요. 어떻게 그렇게 잘 기억하냐고 물으니, 그의 답은 간단했습니다. "사랑하면 됩니다."라고.

요즘은 많은 사람이 글을 쓰고자 합니다. 그러나 한편으로 글쓰기를 어려워합니다. 그런데 이에 대한 관점을 바꿔보면 어떨까요? 어렵고 힘든 대상이 아니라 애정 어린 눈길을 가득 담은 연인으로 말입니다. 그렇다면 지루하고 피하고 싶은 시간이 아니라 빈 노트를 끝까지 마주하는 열정의 시간으로 바뀌어져 어느새 완성된 글 한 편이 뚝딱 만들어지지 않을까요?

글쓰기와 운

'운칠기삼'이라는 고사성어가 있습니다. 실력보다는 운이 더 중요하다는 의미지요. 여기서 '운'은 개인적인 역량보다는 주위의 도움에 의한 것이고, '기'라는 말은 순수 개인의 능력을 뜻합니다. 31년간 삼성인으로 근무하며 《일의 본질》이라는 책을 쓴 김용석 저자는 이를 회사 생활로 비유합니다. 입사 초기에는 운이나 관리 능력보다는 기술이나 업무능력이 중요하지만, 직장 생활이 오래될수록 팀이라는 조직을 운영하게 되고, 이는 관리를 통한 성과로 나타난다는 거죠. 그래서 운칠기삼이 되는 시점은 부장이라는 관리직으로 승진할 때부터라고 합니다.

부장이 되었을 때는 이제 본인의 실력만 중요하지 않습니다. 관계, 소통 등 많은 요소가 연결되어 건강하게 활용되어야지만 좋은 성과로 나타납니다. 이를 '운'이라 합니다. 이쯤 되면 운도 결국 본인이 어떻게 만들어가는지에 따라 달려있네요.

글쓰기에 운은 어떻게 작용할까요? 글쓰기로 한 번에 공모전에 당선이 되거나, 첫 책이 베스트셀러에 올라 유명인의 반열에 단번에 오를 수도 있습니다. 이는 운일까요? 실력일까요? 이 운을 계속 이어갈 수 있을까요? 이어가지 못한다면 그것은 진짜 실력일까요?

가수 이문세 씨가 콘서트에서 이런 말을 했다고 해요. 지금까지 발표한 곡이 147곡인데 그중에서 대중들에게 히트한 곳은 30곡 정도에 불과하다고요. 그래서 콘서트에서는 그리 알려지지 않은 몇 곡을 일부러 선정해서 부른다고 합니다. 결국 발표한 곡 중에서 20% 정도만 히트가 되었다는 거죠.

우리가 알고 있는 유명인들의 글이나 작품이 하루아침에 성공한 경우는 극히 드뭅니다. 수없이 글을 쓰고, 그림을 그리며 아무도 알아주지 않는 실패감을 수없이 맛본 뒤에야 드디어 몇 개의 작품이 대중에게 드러나 인정받게 되었지요.

양이 질을 이긴다는 말, 글쓰기에도 적용됩니다. 양을 쌓는 과정 중에 실력이 생기며, 이는 결국 운도 불러옵니다. 실력은 글쓰기에 대한 사랑, 아무도 알아주지 않는 시간을 버텨내는 끈기와 열정에서 나옵니다. 그 시간이 쌓이다 보면 운이라는 기회가 올 수도 있는 거죠. 그 운을 붙잡는 것 또한 실력이고요. 운을 붙잡는 실력 또한 사랑과 애정으로 아무도 알아주지 않았던 시간을 버텨갔던 시간에서 나옵니다. 그렇다면 운도 실력도 결국 글쓰기에 대한 진심, 진한 사랑에서 생기겠네요.

> 가장 성공적인 작가는 오직 글쓰기에 대한 사랑에서 만족스러운 보상을 얻는 사람이다. 글쓰기에서 얻는 내적 충족감이 돈과 명성, 고된 작업, 희생, 실망 등 다른 모든 것을 작아 보이게 하는 것이다. _《하루 쓰기 공부》, 브라이언 로빈슨

성찰의 글쓰기

그렇다면 글쓰기에 대한 사랑의 근원은 어디에서 나올까요? 돈과 성공만이 글쓰기의 목적이 될 수 없습니다. 꾸준히 실력을 기르고 아무도 알아주지 않은 시간을 버텨낸다고 할지라도 돈과 성공이 따라오지 않을 수 있기 때문입니다. 그렇다면 우리는 왜 글을 써야 할까요? 특히 에세이를 쓰면 어떤 유익이 있을까요?

프랑스인들은 이른 나이부터 전문 직업인과 더불어 작가로도 사는 사람들이 꽤 있다고 합니다. 자신이 일하는 분야에 관해 비즈니스 글을 쓰는 사람은 많습니다. 그러나 그들은 돈이 되지 않고, 성공이 보장되지 않

더라도 소설이나 시, 수필을 씁니다. 프랑스 총리를 지냈던 도미니크 드 빌팽도 수필가이자 시인이었습니다.

그들의 문화가 부럽습니다. 직업적이고 비즈니스적인 글쓰기도 필요합니다. 그러나 그런 목적의 글쓰기만 있다면 삶이 굉장히 지루하고 따분할 것입니다. 예비 작가들과 가끔 에세이를 쓰는 출판 작업을 함께 하고 있는데요. 에세이는 누구나 쉽게 쓸 수 있지만, 그만큼 성공하기도 힘든 장르인데도, 왜 많은 사람이 에세이를 쓰려고 할까요?

에세이는 자기 성찰의 글쓰기입니다. 글을 쓰며 삶을 돌보게 되고, 그 과정에서 치유와 변화를 맛보게 됩니다. 내 삶이 그냥 주어지지 않았다는 감각, 한순간도 의미 없는 시간은 없다는 충만감을 글로 써 가며 새롭게 맛보게 됩니다. 이 시간을 통해 우리는 현재 하는 일과 삶의 의미를 새롭게 다지며, 앞으로 나아갈 힘과 용기를 얻습니다. 직업인으로서의 글쓰기라는 경계를 넘어서, 시나 수필, 소설을 쓰며 무한한 상상과 창의력의 세계로 진입합니다. 인공지능 시대에는 가장 인간적인 사람만이 인공지능에 대체되지 않고 살아남을 수 있다고 하는데요. 날것 그대로의 나를 대면하는 시간은 가장 인간적인 되는 시간이 아닌가 합니다.

---

* 내가 글을 쓰고자 하는 진짜 이유를 30개 적어보세요. 그리고 중요하지 않는 이유부터 하나씩 지워가 보세요. 가장 마지막 한 가지 이유가 남을 때까지요.

쓸거리, 쓸가치

매달 글쓰기 챌린지를 온라인 글방에서 진행하고 있습니다, 평일에는 매일 글감을 드리는데요. 이번 달부터는 1개월, 3개월, 6개월권으로 신청하게 했어요. 재신청해 주시는 분들이 많으셔서, 좀 더 할인 혜택을 드리기 위해서였지요. 이번 달도 재구독률이 70%가 넘습니다.

이유는 무엇일까요? 여러 가지가 있겠지만요. 재신청하는 분들의 공통적인 고백은 다음과 같습니다.

혼자 쓰려면 막상 무엇을 써야 할지 몰랐는데, 글감이 주어지고, 무엇이라도 끄적여 보려고 노트북 켜는 행동을 하는 순간에 무언가라도 쓰게 된다는 것입니다. 어쩌다 들어온 글방에서 자신에게 이런 생각과 감정이, 이런 성향이 있었는지 중년이 되어 글을 쓰는 지금에서야 처음 알게 되었다고도 고백합니다.

글방에 올라온 글 중 몇 문장을 나눠 봅니다.

> 글쓰기는 개울물 수많은 자갈 위를 흐르는 물속에서 돌 한 개를 집어 올리는 것 같다. 단 하나를 일대일로 대면하고 그 녀석에게만 잠시 집중하는 것. 개울은 생각처럼 계속 흐르고 있고 나는 언제든 집어 든 돌을 다시 던져놓고 다른 돌을 집어들 수 있을 것 같다. 하루에 하나 정도…. 맘속 카메라 필름현상을 해봐야겠다 생각이 들어요. 물론 오늘 하루도 언젠가 꺼내볼 수 있는 필름의 한 장면이 되겠지요?
>
> _강00 님
>
> 글린이는 오늘도 횡설수설입니다. 그렇지만 하루하루 글로 무언가를 표현해 볼 수 있다는 것에 용기를 조금 더 내어보려 합니다. 그 순간을 느낄 수 있는 마음으로 전환할 기회를 주셔서 오늘도 감사의 마음 전해봅니다.
>
> _김00 님

저 또한 무어라도 매일 읽고 쓴 지가 4년이 되어갑니다. 그렇게 쓰다 보니 단시간에 여러 권의 책도 출간할 수 있었고요. 제가 만날 수 없는 분들과 연결될 수 있었어요. 제가 읽기만 하고 "나는 여전히 쓸 거리가 없어.", "내 쓸 거리는 가치가 없어.", "내 삶에서 얻은 지식과 경험은 누군가에게 내보일만한 특별함이 없어."라며 주저하고 용기 내지 못했다면 지금의 저와 새로운 만남은 없었을 것입니다.

쓸거리는 쓰면서 만들어집니다.

쓸가치도 쓰면서 만들어집니다.

---

* 당신에게 글쓰기는 무엇인가요?

피아노와 글쓰기

> 연습이란 나를 발굴하는 작업이다. 딱딱한 콘크리트를 부수고 그 안의 자갈을 꺼내듯, 허영심이나 사회적 체면이니 편견 같은 딱딱한 덮개를 천천히 벗겨 내고 그 속에 잠들어 있던 언뜻 평범한, 하지만 세상에 하나밖에 없는 나를 꺼내는 작업이다. _이나가키 에미코

나를 발굴하는 글쓰기

어떤 것을 배울 때 완벽한 도달점이 있을까요? 그림도 음악도, 일찍 시작했든 늦게 시작했든 노년이 되어서도 연습을 게을리 하지 않는 이들을 많이 봅니다. 아마추어가 보기에는 거기가 거기 같지만, 연습하면 할수록 그들의 눈과 귀는 고도로 고품질이 되어 작은 것 하나도 민감하게 잡아냅니다. 그러나 이는 단순히 기교나 기술적인 문제만이 아닙니다.

글쓰기 분야에서 오랜 경험을 가진 이나가키 에미코는 노년에 피아노를 처음 배우며, "연습이란 나를 발굴하는 작업"이며 "세상에 하나밖에 없는 나를 꺼내는 작업"이라고 자신의 책 《피아노 치는 할머니가 될래》에서 말합니다.

표현이 마음에 와닿습니다. 연습은 정직합니다. 하루 아침에 결과가 나오지 않습니다. 공부도 매시간이 축적되지만, 답보 상태를 유지하다가, 어느 날 눈에 띄게 향상하는 현상을 만납니다.

고2 아들이 있습니다. 가끔 "나는 공부 재능이 없나 봐.", "공부는 타고난 사람만 하는 거야.", "나는 해도 안 되는 인간이야."라는 말을 내뱉습니다. 어느 날은 킬러 문제들이 막 풀린다며, 기분이 하염없이 솟구쳐서 "목표를 상향 조절해 볼까?", "나 좀 되는 거 같아."와 같은 우쭐대는 마음을 드러냅니다.

이렇게 눈에 보이는 결과를 얻기까지, 보이지 않는 과정에서 수많은 부정적 감정과 씨름해야 합니다. 그러나, 이 모든 과정에서 자기만의 공부법을 터득하면서 진짜 실력을 쌓아가게 되지요. 성실히 연습한 자만이 알 수 있는 진리입니다.

글쓰기는 영원한 수행

이나가키 에미코는 또한 "피아노는 실로 영원한 수행"이며 "꽤 실력이 늘었다며 이 정도면 다음 레슨에서는 잘 칠 수 있겠다며 교만"한 마음을 가졌었는데, “잘 치고 싶다는 마음 자체가 적”이라고 말했습니다.

건반 수가 딱 정해진 피아노도 그럴진대, 언어는 매일 새롭게 태어나고 죽기도 하는 생명체이며, 끝없이 연결 짓고 분화하며 창조하는 가능성입니다. 수많은 단어를 가지고 놀아야 하는 글쓰기에 도달점이라는 게 있을까요. 글쓰기는 영원한 수행입니다. 오히려 영원한 수행이라고 하니 조금은 느긋한 마음이 생기기도 합니다. 매일 읽고 쓰며 몇 권의 책을 출간한 경험이 있지만, ‘글을 잘 쓰는 건 뭘까?’라는 생각을 가끔 해 보는데요.

제가 운영하는 글방에서 여러 사람이 함께 글을 쓰지만, 작가와 예비작가의 경계가 모호하게 보일 때가 많습니다. 때론 예비 작가들의 글이 출간만 안 했을 뿐, 제 눈에 더 살아 있고 빛나게 보이거든요. 유명한 글은 이미 그들이 유명했기에, 유명한 것이 아닌가 하는 생각도 듭니다.

그러면서도 은유 작가의 책을 지금 읽고 있는데요. 이런 감성과 감각의 글을 쓰고 싶다고 생각하며, ‘유명한 건 괜히 그런 게 아니야.’라며 생각을 바꿉니다. 유명하기까지 수많은 습작을 했겠지요. 《토지》의 박경리 작가는 마지막 완전한 작품을 위해, 매 작품이 습작이었다고 하시더라고요. 《토지》를 쓰기 전 모든 작품은 《토지》를 위한 습작이었고요. 작품마다 그녀에겐 영원한 수행이었던 거죠.

암튼 닥치고 글이나 쓰렵니다. 영원한 수행의 도구로서 글쓰기는 꽤 괜찮거든요.

* 영원한 수행으로서의 글쓰기 계획을 구체적으로 세워 보세요. 이왕이면 책 출간 계획도 세워보세요. 이를 잘 보이는 책상 앞에 붙여놓거나, SNS에 기록해 보세요. 구체적은 목표 선언과 시각화는 실행과 결과를 좀 더 앞당겨 줍니다.

비판에 대처하는 자세

> 건설적 비판에 거부 반응을 보이는 사람은 작가로서 살아남을 수 없다. 비판을 받아들이는 대담함은 글쓰기의 실패에 대한 최고의 백신이다.
> _브라이언 로빈슨

악플이 무반응보다 낫다고 합니다. 누군가 자신의 글에 긍정이든 부정적인 반응을 보인다는 것은 내 글이 읽히고 있다는 증거이니깐요. 오늘 아침 동영상 하나를 유튜브에 올렸었는데요. 두 시간이 지났지만, 조회수가 2였습니다. 무반응은 허탈함을 안겨다 줍니다. 《하루 쓰기 공부》의 저자 브라이언 로빈슨는 비판을 받아들이는 대담함을 가지라고 조언합니다.

우리가 비판에 약한 이유는 무엇일까를 잠시 생각해 보았을 때, 우선 수치심, 실패감 등의 부정적 감정이 떠오릅니다. 그 비판을 나만 보지 않습니다. 타인도 봅니다. 이는 수치감뿐 아니라 도움을 주기 위해 썼던 글이나 영상이 누군가에게는 오히려 댓글을 달 정도로 저항감을 일으켰다는 사실에 허탈감과 실패감을 안겨다 줄 것입니다.

그러나 비판에는 두 종류가 있습니다. '건설적 비판'과 '비판을 위한 비판'이지요. 정말 상대를 위해 조언하는 사람이 있고, 본인은 인지하지 못하지만, 비방과 질투라는 동기에서 이루어지는 비판도 있습니다. 계속 글을 쓸 마음이 있다면 비판에 대해 냉정해질 필요가 있습니다. 비판에 대해서 비판적으로 분별하고, 이 모든 것을 긍정적으로 전환하려는 지혜와 담대함이 필요합니다.

이를 위해 '자신에 대한 믿음'을 가져야 해요. 때론 악랄한 비판에 대해 귀를 닫을 필요도 있지만, 이를 글쓰기 선생으로 삼아보는 것입니다. 이런 생각의 전환은 장기적으로 당신과 당신의 글쓰기를 더욱 단단하게 해 줄 것입니다.

---

* 최근 받은 부정적인 피드백이 있나요? 거기에 어떻게 대응하셨나요? 앞으로는 어떻게 대응하실 건가요?

마흔,
글쓰기 늦지 않다

박완서가 문학사의 한 페이지로 박제화되지 않고, 계속해서 우리 사이에서 살아 숨 쉬게 하기 위해서였다. _양혜원

글쓰기 책을 찾다가, '박완서', '글쓰기'라는 제목만 보고, 책을 선택해 읽어보았습니다. 책을 막상 펴 보니, 글쓰기 방법론에 관한 내용이 아니라, 여성학자 양혜원의 에세이였습니다. 저자가 아주 익숙한 이름이었습니다. 되돌아보니, 제가 근무했던 예전 직장에서 페미니즘 관련 특강이 있었는데요. 저자를 초대해 들었었어요. 그때 제가 접대해 함께 식사한 경험도 있어서인지 더욱 반가운 마음으로 읽어갔습니다. 그때는 저자가 일본에 있는 한 연구소에서 있었기에 일본에서 한국행 비행기를 타고 강의하러 왔었습니다. 번역 작업을 많이 하셨었고요. 이 책을 통해 박완서

연구자로 활동하는 최근 이력을 알 수 있었습니다. 당시 여성 문제에 관해 짧은 시간이었지만 몇 가지 사적인 에피소드도 들었던 경험이 있습니다.

박완서의 작품을 모두 읽은 것은 아니지만, 몇몇 작품을 인상 깊게 읽고, 북클럽에서도 토론한 적이 있습니다. 저보다 좀 더 앞선 시대에 어떻게 이렇게 솔직하고 담담하게 이야기를 쓸 수 있을까 생각했습니다. 소설을 통해 당시 시대 상황을 알 수 있는 점도 유익했지만, 그 사이에서 엿보이는 문제의식과 메시지들, 특히 여성 문제에 관심이 많은 저에게는 더욱 인상 깊게 다가왔습니다.

양혜원이 여성학자로서 '박완서'라는 인물을 택한 것에는 그의 작품을 통해서 오랜 시간 자신의 고민을 투영하고 공감해 왔던 여정이 있을 것입니다. 그녀는 박완서에 관한 논문을 이 책을 통해 좀 더 대중적으로 쉽게 풀어쓰려고 했다고 해요. 박완서 작품에 대한 자기 생각을 곁들이면서 말이지요.

시대가 다르고, 박완서는 이 세상에 없지만, 저자의 말처럼 그를 "우리 사이에서 살아 숨 쉬게 하기 위해서" 계속 그와 그의 작품에 관해 논하는 일은 필요한 일일 것입니다. 그것은 그가 남긴 작품을 통해 전하고 싶은 메시지, 정신을 계속 다음 세대에도 전수하는 일이 될 테니깐요.

서울대에 입학하여 불과 두 주 등교하고
한국 전쟁이 나는 바람에 학업을 접고
생활전선에 뛰어들어야 했던 박완서,

습작 하나 없이 3개월 만에 소설 하나로
신인 작가 공모전에 당선되어
전업주부로 살다가 마흔에 갑자기 등단,
시부모를 모시고 살고,
아이 다섯을 키우고 있는 상황,
글 쓰는 핑계로
살림을 소홀히 한다는 말을 듣지 않기 위해
남편의 코 고는 소리를 들으며
가족들 몰래 밤에 글을 써 왔다던 그녀

습작 하나 없이 3개월 만에 응모한 소설 하나로 등단한 그녀가 부럽기도 했습니다. 이 사실 하나만으로 '원래 글재주가 있던 거겠지.'라고 생각할 수도 있겠습니다. 그러나 재능이 있다고 글을 계속 쓸 수 있는 건 아닙니다. 그녀가 글을 썼던 환경을 보건대, 지금을 살아가는 우리보다 절대 쉬운 환경은 아니었으니까요. 시부모와 아이 다섯에, 막내가 초등학교가 들어간 후에 글을 쓰기 시작했다고 하더라도, 아이 다섯 육아는 절대 쉬운 일이 아닙니다.

등단은 운이었을 수도 있습니다. 그녀가 죽은 후에도 여전히 그녀의 작품들이 읽히고, 회자하는 이유는 등단했기 때문이 아닙니다. 이런저런 상황에서도 계속 써 왔기 때문이지요. 마흔이라는 나이를 탓하거나, 아이 다섯을 키우는 전업 주부라는 환경을 핑계하지 않았습니다. 그녀는 한 번의 객기로 끝나지 않고 끝까지 쓰는 용기를 멈추지 않았습니다.

끝까지 쓰게 하는 힘은 무엇일까?

> 박완서는 자신의 피해를 이야기할 수 있는 자기만의 방법을 찾아야했다. 하지만 막상 그가 자신의 이야기를 들려주기 시작하니 독자들과 문단의 반응이 뜨거웠다. 다들 무언가가 속에 있었지만 말로 제대로 표현하지 못했던 것을 박완서가 해준 것이다. 그 후로 한국 전쟁과 여성의 경험을 이야기할 때 박완서를 빼놓고는 할 수 없게 되었다.
>
> _《박완서 마흔에 시작한 글쓰기》 양혜원

전쟁 경험, 여성의 삶,
부러운 것 없는 중산층 여성이었지만,
전쟁으로 오빠를 잃고,
남편을 잃은 지 삼 개월 만에
아들을 잃은 고통을 겪은 사람

그녀는 1996년 한 인터뷰에서 글쓰기는 "취미로 하기엔 힘든 일"이라고 말합니다. 힘들어도 계속 쓰게 힘은 무엇이었을까요? 박완서 연구자 양혜원은 "이야기를 들려주는 것이 그들에게는 생존의 길"이 되었다고 하는데요.

박완서는 처음에는 전쟁 중 사망한 오빠의 망령에서 벗어나려는 몸부림에서, 나중에는 "자신의 발꿈치에 붙어 다니며 떨치려야 떨칠 수 없는 기억"으로 인해, 자신의 글쓰기를 지배하는 것이 '전쟁 경험'이라고 말합니다.

박완서처럼 말하지 않으면, 토해내지 않으면 살 수 없는, 각자마다 개인적이고 고유한 이야기가 모두에게 있을 거예요. 우리 사회가 여성에게 많이 평등해졌다고 말하나, 여전히 주 스피커는 남성들이 많습니다. 층층이 쌓인 억압된 목소리가 이제 여기저기 터져 나오고 있습니다. 시로, 소설로, 에세이로, 독서 모임에서 말입니다.

책을 읽고, 자신의 목소리로 생각을 말하고, 글로 써 보는 모든 과정은 그래서 누구에게는 '혁명'과 같습니다. 물론 이 또한 어느 정도 여가 시간이 보장된 이들에게만 가능하지만 말입니다. 자본주의 시스템에서 여가 시간을 갖는 것은 쉽지 않으니깐요. 그러나 어떤 이는 이 시스템을 이기고, 박완서처럼 가족들이 자는 틈을 이용하여, 또는 새벽에 이 일을 조심스럽게 진행합니다.

답답하고 억눌린 자아를 헤집고, 나만의 숨결을 찾기 위해서 말입니다. 그녀는 모든 것이 평화로이 보이는 중산층 전업주부였지만, 그 밑바닥에서 꿈틀꿈틀했던 내면의 소리를 외면하지 않습니다. 그저 혼자 쓰지 않고, 단단한 벽을 뚫고 세상을 향한 소리를 내기로 결심한 첫 도전, 응모를 시작으로 (처음이라 크게 기대하지는 않았으리라 생각해요) 운이든 실력이든 계속 썼던 것은 쓰면서 경험하는 그 해방감이 좋았을 거예요. 육아든 등산이든 힘들지만, 또 낳고, 산에 오르는 이유는 고통보다 희열이 크기 때문이겠죠.

박완서가 "자신의 피해를 이야기할 수 있는 자기만의 방법을 찾"았듯이 우리 또한 각자의 피해를 이야기할 수 있는 자기만의 방법을 찾았으면 좋겠습니다. 이를 위해 글쓰기는 힘든 노동일 수 있지만, 시공간 제약

이 없고 가장 가성비가 좋은 도구임을 아실 거예요. 다들 무언가 속에 있지만 제대로 표현 못 한 것을 박완서가 대신해 주었던 것처럼, 내 이야기를 통해 단 한 사람이라도 공명한다면 박완서를 잇는 일이 될 것입니다.

글쓰는 여자는 이기적인가

요즘처럼 글 쓰려고 하는 이들이 많고, 온갖 플랫폼에서 글과 영상으로 목소리를 발하는 시대에, 글쓰기가 꼭 이기적인 일은 아닐 것입니다. 그러나 박완서의 세상에서 글쓰기는 이기적인 일로 비칠 수도 있었겠습니다. 중산층 여성으로서, 삶은 안정적이었지만, 돌봐야 할 가족들은 많고, 글쓰기가 밥벌이가 될 만큼 당장 가족에 보탬이 되는 일도 아니었을 테니 말입니다.

그러나 다시 생각해 보면, 오늘날도 글쓰기는 이기적인 일로 비칠 수도 있겠습니다. 꼭 책 출간이 아니더라도 많은 이가 다양한 SNS 플랫폼에서 글은 쓰지만, 들여진 시간만큼 당장 돈이 되거나 특별한 성과를 가져다 주지 않을 수도 있기 때문입니다. 또한 글쓰기는 어떤 이에게는 쉬울 수 있지만, 어떤 이에게는 여전히 힘듭니다. 쉬운 일이었다가도 힘든 일이 글쓰기입니다. 막상 폼 잡고 쓰려면 잘 안 써지는 것이 글쓰기입니다. 그래서 박완서가 이야기했듯이 "철저하게 이기적인 나만의 일"로 비칠 수 있습니다.

그럼에도 뒤늦게 쓰기를 시작한다면, 쓰기를 멈추지 않는다면, 그리고 각자 가지고 있는 내면의 소리를 듣는 시간을 끝까지 갖는다면 우리 또한, 누구에게는 희망의 등대가 되지 않을까요. 각자의 아픔은 누군가의 아픔과 이어지고, 또 다른 연대의 시작입니다.

---

* 당신은 글을 쓰지 않는 어떤 핑계를 대고 있나요? 그러나 꼭 쓰고 싶고, 써야 할 이유는 무엇인가요? 각자마다 써야지만 생존할 것만 같은 주 목소리가 있습니다. 박완서 작가에게는 '전쟁 경험', '여성'이 반복해서 발화해야만 할 주 목소리였지요. 이야기해야지만 살 수 있을 것 같은 당신의 주 키워드는 무엇일지 생각해 보고, 적어봅시다.

모든 것이 당신만의 고유한 여정을 위해 완벽하게 펼쳐졌음을 믿으세요. 빛도 어둠도 당신입니다. 변명도 탓도 말고 있는 그대로 안아주세요. 에세이 쓰기는 내 삶을 있는 그대로 수용해 가는 과정입니다.

3장

끌리는 에세이를 위한 글쓰기 기술

버릴 게 없는 시간

"40대가 돼서도 식당에서 알바하면서 꿈을 꿨어요."

배우 이정은이 한 수상 소감에서 한 말입니다. 그녀는 극단에 있을 시절, 심할 때는 1년에 20만 원 정도만 벌었다고 합니다. 당시 배우라는 꿈을 지키면서 먹고 살려면 꾸준히 부업하는 건 필수였는데요. 45살에 방송 데뷔를 했는데, 40대에도 계속 아르바이트하며 생활했다고 해요. 그녀는 안 해 본 일이 없다고 합니다. 연기를 가르쳐보기도 했고, 마트 캐셔로도 오래 일했고, 화장실 청소도 했고, 간장도 팔고, 녹즙도 팔고 다 해봤다고 합니다. 근데 이게 웃긴 게, 지나고 나니 하나도 버릴 시간이 없었다는 거예요.

고생했던 시간 덕분에 배우로서 다양한 배역에서 디테일을 갖출 수 있었기 때문이라는 거죠. 경험해 보지 않은 사람은 표현하기 힘든 지점이 있기 때문입니다. 몸을 쓰며 보낸 그 시간이 '배우의 얼굴'을 만드는 데 필요한 시간이 되었던 거죠.

> "사람들은 조명이라는 수면 위에 올라와 있을 때가 돼서야 그들의 꿈과 이상에 대해 존중하는 것 같아요. 수면 밑에서 그 사람이 얼마나 발버둥치는지, 무엇을 꿈꾸는지 존중하기는 사실 어렵죠. 하지만 꿈꾸고 노력하는 사람들은 분명 존재하거든요. 수면 아래서 계속 물장구를 치면서 빛을 내길 기다리고 있는 친구들이요. 그 물장구를 누군가는 반드시 알아주고 있다는 걸 잊지 않았으면 좋겠어요. 그 노력을 먼저 알아주는 선배가 되고 싶어요." _〈이정은 배우님 인터뷰〉 중에서

연봉 20만 원으로 살아가던 가난한 40대 배우 이정은은 지금은 사랑받는 배우이자, 후배들에게 존경받는 배우가 되었습니다.

우리 모두 꿈을 이루어 가는 과정에서 이런 '불확실성'을 겪습니다. 이정은 배우처럼 불확실한 상황에서 미래의 가능성을 찾는 사고를 '리프레임'이라고 하는데요, 리프레임은 사건을 완전히 다른 관점에서 바라보고 모든 가능성을 창의적으로 재검토하는 방법입니다. 즉 관점의 근본적인 전환으로 미지의 세계를 두려워하고 피하는 대신, 가능성의 원천으로 인식하고 포용하는 태도를 말하지요. 이는 경영학, 행동경제학에서도 오랫동안 검증해 온 성공에 이르는 과정입니다.

에세이를 쓴 여러 작가가 에세이를 쓴 후 이렇게 고백합니다.

"내 삶을 정리할 수 있었어요."
"내 삶을 새롭게 바라볼 수 있었어요."
"과거를 치유하고 현재를 살아갈 용기를 얻었어요."
"다시 나아갈 힘을 얻었어요."

이 모든 것이 리프레임의 과정입니다. 과거와 현재, 미래는 연결되어 있습니다. 쓰기 전에 몽롱했던 삶의 조각들이 쓰면서 명확해지고 다시 해석되면서 새로운 관점을 얻게 됩니다. 불확실했던 삶의 여정들이 '쓰기'라는 '시각화'를 통해 새로운 '이정표'를 그리고, 이는 그다음 길을 안내해 주지요.

쓰다 보면, 정말 버릴 것이 하나도 없는 내 삶이 됩니다. 쓴 후에는 그래서 삶의 순간순간을 더욱 소중히 여기게 되는 거죠. 차곡차곡 순간을 저축해 갑니다. 지금 이 글을 퇴고하면서도 '그때 쓰지 않았으면 이 또한 휘발되었겠지.'라며 더 열심히 일상 기록자로 살아가리라 또 한 번 다짐합니다. 미처 써 놓지 못해 희미해져 버린 순간을 그리워하면서요. 그리고 더 이상 비교하지 않습니다. 내 삶에 집중하기 때문입니다. 내 삶을 사랑하는 방법, 에세이를 써 보세요.

최고의 글감은 어디에 있는가

매일 쓰는 원고지 50장 분량의 글 중 절반 정도는 SNS에서 발견한 영감을 통해 쓴 글이다. _김종원

많은 사람이 "무엇을 써야 할지 모르겠어요.", "영감이 안 떠 올라요.", "글감이 없어요."라고 말합니다. 《글은 어떻게 삶이 되는가》의 김종원 작가는 30여 년 동안 100여 권의 책을 써 왔고 한 번에 한 권의 책이 아닌 열 권의 책을 동시에 쓴다고 합니다. 그는 어떻게 그 많은 책을 써 왔는지 그 비결을 털어놓습니다.

그 비결은 SNS에 있었습니다. 글감의 반은 'SNS에서 발견한 영감'을 통해 쓴다라고 그는 말합니다. 1년에 한 권도 쓰기 힘든데, 어떻게 한 번에 10권의 책을 동시에 쓸 수 있었을까요. 다양한 주제의 글감을 동시에 써 갈까요. 그의 SNS 활용 글쓰기 팁을 활용해 저만의 생각들을 정리해 보았습니다.

첫 번째, 읽다가 수시로 멈춥니다.

대부분은 그저 읽고 소비만 합니다. 그러나 글 쓰는 이들은 단순히 공감, 비평만 하지 않고, 모든 것을 내 글의 창작 재료로 적극 활용하기 위해 멈춥니다. 콘텐츠가 홍수처럼 쏟아지는 시대입니다. 지금 누워서 콘텐츠를 소비하고 있나요? 글 쓰는 이는 누워있더라도 촉을 세웁니다. 촉이 왔다 싶으면 자세를 일으켜 각 잡고 세워 그것을 낚아챕니다. 에세이스트는 내 삶과 공명하는 이야기를 찾아다니는 사냥꾼입니다.

두 번 째, 멈추고 사색합니다.

잠시 멈칫하는 데에는 이유가 있지요. 그 글의 어떤 부분에 감흥했기 때문입니다. 글 쓰는 이유는 그 순간을 놓치지 않고 재빠르게 포착합니다. 그리고 그 이유를 발견할 때까지 면밀히 관찰하고 사색합니다. 내가 왜 그 글에 감흥했는지 또는 반대한다면 왜 그런지 질문하며 그 답을 찾을 때까지 기다리며 머뭅니다. 답이 당장 나오지 않을 때도 있습니다. 그러나 잠시 묵혀 두더라도 언젠가는 답이 오기를 기다리는 과정을 멈추지 않습니다.

에세이스트는 주어진 생을 소중히 여깁니다. 주어진 감흥이 우연이 아님을 압니다. 우연에서 의미를 길어내기 위해 애써 시간 들입니다.

세 번째, 가장 좋은 마음으로 씁니다.

독자를 생각하는 좋은 마음으로 쓰세요. 에세이스트는 이제 혼자만의 세상에서 살지 않습니다. 그는 일기에서 벗어나 일상을 재료로 삼아, 세상에 이야기를 던지는 사람입니다. 내 글을 읽는 누군가가 있음을 의식합니다. 그 누군가가 한 명이어도 좋습니다. 그 한 사람을 생각하며 가장 도움이 되는 이야기를 짓도록 노력합니다. 그렇기에 그저 자기만족적인 글이 아니라 위로든, 정보든, 재미든 누군가에게는 결국 가 닿게 됩니다.

네 번째, 비평은 쉽고 창조는 괴롭습니다.

각 사람의 생각은 얼굴이 제각각이듯 모두 다른데요. 그래서 모든 이의 동의를 받는 글은 이 세상에 없습니다. 김종원 작가는 "동의하지 않는 글에 단순히 댓글 한 줄 적는 것은 쉽다."라고 말합니다. 이는 누구나 할 수 있다는 말이지요. 그러나 왜 내가 반대하는지, 공감하지 못하는지 그 이유를 묻는 기나긴 과정은 또 다른 창작의 영역입니다. 비판에서 멈추지 말고 오랜 사색에서 길어낸 나만의 글 하나를 완성하기를 그는 추천합니다. 공감이든 반대이든 모든 것에는 이유가 있으니까요. 질문하며 그 이유를 발견하여 나만의 이야기를 끌어내세요. 이상이 SNS를 글감 창고로 활용하는 방법입니다.

이처럼 글감이 없다는 건 핑계입니다. SNS는 글감 천지입니다. 누구는 소비용으로만 SNS를 활용하고, 누군가는 SNS를 활용하여 매년 꾸준히 책을 출간합니다. SNS는 글감 보물 창고임을 잊지 마세요.

하루키의 글쓰기 조언 세 가지

메모는 재료다. 메모는 준비다. 삶을 위한 그 중 가장 좋은 것을 삶으로 부화해야 한다. 분명한 것은 우리가 무엇을 메모할지 아무도 막지 못하나는 점이다. 분명한 것은 메모장 안에서 우리가 더 용감해져도 된다는 점이다.
_정혜윤

노벨 문학상 후보에 올랐던 무라카미 하루키가 실천하는 글쓰기 습관을 나눠봅니다. 그는 소설을 쓰기 위해 문학을 전공하거나 심지어 습작도 하지 않았습니다. 그럼에도 어떻게 35년 이상 꾸준히 글을 써 올 수 있었을까요?

"소설가가 되려면 어떤 훈련이나 습관이 필요할까요?"라는 질문은 하루키가 세계 젊은이들에게 많이 받는 질문 중 하나라고 합니다. 그런데 그는 이에 대답하기 어려워합니다. 왜냐하면 하루키 자신조차도 어떻게 소설가가 되었는지를 잘 파악하지 못했기 때문입니다. 소설가가 되기 위해 특별한 공부를 했거나 훈련을 받았다거나 습작을 거듭하는 단계를 밟지 않았기 때문이지요. '어쩌다 보니 그렇게 흘러가 버렸다'고 그는 말합니다. 불현듯 생각나서 쓴 소설 《바람의 노래를 들어라》로 문예지의 신인상을 탔고요. 물론 신인상을 받았다고 계속 소설을 쓸 수 있는 건 아니지만, 어릴 때부터 독서력은 남달랐던 이력도 한몫 하지 않았나 하는 생각이 듭니다.

그럼에도 젊은 사람들이 진지한 표정으로 "소설가가 되려면 어떤 훈련이나 습관이 필요합니까?"라고 질문하는데, 대충 이야기할 수는 없기에, 《직업으로서의 소설가》에서 세 가지 조언을 합니다. 이 조언은 꼭 소설가가 되려고 마음먹은 사람에게만 중요하지 않고, 어떤 장르이든지 글을 쓰려고 하는 모든 분에게 해당합니다.

그는 매우 흔한 대답이지만 글을 쓰기 위해 빠트릴 수 없는 첫 번째 훈련은 책을 많이 읽는 것이라 말합니다. 소설을 쓰기 위해서는 소설이라는 게 어떤 구성으로 이루어졌는지, 그것을 기본부터 체감으로 이해하지 않으면 안 된다는 것이죠. 책 속에 나온 다음 말을 기억해 보세요.

"특히 젊은 시절에는 한 권이라도 더 많은 책을 읽을 필요가 있습니다. 뛰어난 소설도, 그다지 뛰어나지 않은 소설도, 혹은 별 볼 일 없는 소설도 (전혀) 괜찮아요. 아무튼 닥치는 대로 읽

> 을 것. 조금이라도 많은 이야기에 내 몸을 통과시킬 것. 수많은 뛰어난 문장을 만날 것, 때로는 뛰어나지 않은 문장을 만날 것, 그것이 가장 중요한 작업입니다. 소설가에게 없어서는 안 될 기초 체력입니다. 아직 눈이 건강하고 시간이 남아도는 동안에 이 작업을 똑똑히 해둡니다."

저 또한 오랜 시간 책을 읽어왔습니다. 처음에는 좋은 책, 괜찮은 책을 선별해서 읽으려고 했죠. 그러나 많은 책을 읽다 보니, 어느 순간부터는 닥치는 대로 읽었습니다. 사람들이 가끔 "작가님은 어떻게 책을 선정하세요?"라고 질문하는데요. 저는 "닥치는 대로 읽어요."라고 답변해요. 특별히 후기를 찾아본다든지, 누구누구 추천 책을 잘 보지 않아요. 때론 꽂히는 제목 따라, 무의식 욕구의 필요를 따라, 신간 코너를 돌다가 손에 잡히는 대로 읽다 보면, 좋은 책, 안 좋은 책을 만나고, 그중에서도 아무도 추천해 주지 않았던 보석 같은 책과 조우합니다. 그때의 쾌감이란 저만 알 거예요.

하루키가 말했던 것처럼 뛰어난 문장이든 뛰어나지 않은 문장이든 읽는 것이 중요해요. 좋은 책, 안 좋은 책을 떠나 읽는 행위만이 저에게 남아있다고 할까요. 그렇게 매일 조금씩 문장이 저장되고, 그 안의 사유들이 축적되고 융합되어 '저'라는 사람을 지금도 계속 만들어가는 중이죠. 그렇게 쌓인 단어와 문장, 사유들은 '글'이라는 형태로 자연스럽게 재생될 거예요.

누군가 "시간이 금이다."라고 말했어요. 그런데 금을 만들려면 세공해야 하는데, 세공할 때 많은 금이 깍여나갑니다. 금을 만들기 위해서 금이 깍여나가는 거죠. 즉 '시간이 금이다'라는 말은 돈이 되지 않은 시간도 견뎌야 한다는 뜻이 담겨 있어요.

이렇게 바쁜 시대에 시간이 없어 독서하지 못한다는 사람이 많아요. 그 시간이 아깝다고 생각하기도 하죠. 그러나 당장은 돈이 되지 않고, 한 권 읽어서는 티도 나지 않는 독서 시간을 꾸준히 가질 때 계속 쓸 수 있는 사람이 될 거예요. 하루키뿐 아니라 글 쓰는 이라면, 특히 계속 쓰고 싶은 이라면 독서를 멈추시면 안 됩니다.

두 번째는 관찰하는 습관입니다. 그는 글 쓰기 전에 사물을 세세하게 관찰하는 습관을 지니라고 조언합니다. 주위에 있는 사람이나 다양한 이들을 찬찬히 관찰하는 거죠. 그리고 그것에 대해 이리저리 '생각을 굴려보라.'고 합니다. 성급한 판단이나 결론을 내리지 말고요. 이때 중요한 점은 명쾌한 결론이 아니라 원래 모습을 최대한 생생하게 담아두는 겁니다.

하루키는 성급하게 내린 결론이 틀렸던 경험을 맛보면서 '어떤 일의 결론을 즉각 내리지 말자.', '가능한 한 시간을 두고 생각해 보자.'라는 습관을 후천적으로 서서히 가졌다고 하는데요. 그래서 우선은 목격한 광경이나 사람, 사상을 하나의 '사례'로서 최대한 그대로 기억에 담아두었습니다. 후에 마음이 조금 침착해졌을 때 다양한 방향에서 들여다보고 주의 깊게 검증하면서 필요에 따라 결론을 끌어내는 것이 더 효과적이었다고 해요. 심지는 그는 '결론이라는 게 필요할까'라고 문제 제기합니다. 대체로 요즘 세상은 너무 성급하게 결론을 내린다는 거죠.

- 결론을 재빠르게 추출하는 것이 아니라,
  재료를 최대한 있는 그대로 축적해 나가기.
- 원재료를 많이 저장해 둘 여지를
  자기 자신 속에 마련하기.

여기서 재료는 글감을 말합니다. 이것이 소설가에게만 필요할까요? 아닙니다. 에세이를 쓰든, 실용서를 쓰든, 한 편의 글을 완성하기 위해서는 여러 가지 재료, 곧 글감이 필요합니다. 그 재료들이 잘 버무려질 때 먹음직스러운 결론 하나가 완성되는 거죠. 에세이를 쓰다 보면, 그전에 쉽게 흘려버렸던 일상이 모두 글감으로 둔갑합니다. 글을 쓰면서 관찰력이 자랐기 때문이죠.

세 번째, 그러면 어떻게 글감을 모을 수 있을까요? 아직 관찰에 관해 이야기하고 있어요. 최대한 있는 그대로 기억하는 것은 현실적으로 불가능해요. 하루키도 말했듯이 우리의 기억 용량에는 한계가 있기 때문이에요. 하루키는 어떻게 했을까요? 그는 최소한의 프로세스를 자기 안에 장착했다고 하는데요.

몇 가지로 정리해 볼게요.

- 흥미로운 몇 가지 세부만 기억한다.
- 개별적이고 구체적인 디테일 몇 가지 추출해서 덩어리째 머릿속에 보관한다.
- 가능하면 잘 설명되지 않는 것이 좋다.
- 이런 것을 채집해서 간단한 라벨 (날짜, 장소, 상황)을 딱 붙여 머릿속에 보관한다.
- 전용 노트보다 머릿속에 담아둔다.

우리는 보통 기록을 강조하는데요, 그는 노트는 항상 들고 다니기도 번거롭고 일단 문자로 적어두면 그걸로 안심하고 싹 잊어버리는 일이 많기에 되도록 머리에 담아두려고 한데요. 그는 작가니까 여행하면서 메모를 많이 할 거 같지만, 그 반대였어요. 메모하지 않고, 되도록 생생하게 머릿속에 담아두고, 3~4일 뒤 그래도 남아있는 소재는 중요한 부분이라 생각해서, 그때서야 글쓰기를 시작한대요. 다 기억하려고 해도 사라질 것은 사라지고 남을 것은 남는다는 거지요. 남아 있는 것만이 정말 써야 할 글이라는 뜻입니다.

그는 자신의 뇌 캐비넷에 담긴 정보는 그 어떤 것으로도 대신하기 어려운 풍성한 자산이라고 말합니다. 이즈음에서 메모하지 않고 머릿속에 다 기억하려는 그가 머리가 좋은 게 아닌가 하는 생각이 드는데요. 어쩌면 거꾸로 지나친 메모 강박이 머리를 나쁘게 하는 건 아닐까요. 모든 것을 네비게이션과 핸프폰에 의지하다 보니, 거리와 번호를 기억하는 감각이 줄어드는 것처럼 말이에요. 모든 것을 기술에 의지하는 시대이기에 오히려 우리의 기억력이 더 감퇴하고 있지요. 오감을 열고 기억을 활용하려면 기억력도 다시 훈련해야겠습니다.

강박 정도로 기록을 강조하는 시대에 그의 방법은 정말 의외였어요. 그런데 생각해 보니, 정말 중요한 것은 몇 달이 지나고 몇십 년이 지나도 남아있지 않나요? 단 그때마다 기록하지 않으면 큰 뼈대는 남아 있을 수 있어도, 희미해 있거나, 약간은 왜곡되어 있기도 하기에, 평상시에 관찰하고 원본을 생생한 기록으로 남기는 것이 중요합니다.

제임스 조이스는 "상상력이란 기억이다."라고 정의했어요. 상상력은 무에서 나오는 것이 아니라 어쩌면 수많은 단편적인 기억의 조합인 거죠. 많은 것을 좀 더 섬세하게 기억해 놓으면 글 쓸 거리는 무한할 거예요.

하루키는 이렇게 생생하고 디테일하게 모아 놓은 소재들을 소설을 쓸 때, 필요에 따라 이리저리 조합해서 활용한다고 해요. 그렇게 쓴 스토리는 내추럴하고 생생하게 살아난다고 합니다. 이는 소설가가 아닐지라도 모든 글쓰기에 필요한 방법입니다. 다양한 장르의 책을 닥치는 대로 읽고, 일상을 관찰하되, 머릿속에 생생하게 담아두려 하고, 그중에서도 기억에 남는 소재 중심으로 성실히 기록하는 습관, 우리도 꼭 적용해 보아요.

정신적 가치의 중요성

> 적게 일하고 많이 놀기 위한 인생이 아니다. 더 많은 정신적 가치를 찾아 성장하면서 더 보람 있는 일을 즐기는 것이 인생의 길이다. _김형석

김형석 교수는 105세에 《김형석, 백 년의 지혜》를 출간합니다. 와~! 정말 대단하지요. 100세가 넘어서도 책을 쓰고 강연하는 정신적, 신체적 힘은 어디서 나오시는지 정말 궁금합니다. 그는 강원도 양구 철학의 집 내, 가족사진이 있는 자리에 두 글귀를 적어놓았다고 합니다. 하나는 자기 생각을 담은 "정신적으로는 상위권에, 경제적으로는 중산층에"와 다른 하나는 아내의 삶을 통해 얻은 교훈인 "사랑하는 사람이 사랑을 받는 사람보다 행복하다."라는 문장인데요.

그는 성공해서 부자가 되었더라도 사생활과 가정 경제는 중산층 수준이 좋다고 말합니다. 사회의 지도자 대부분은 중산층에서 태어났지, 부

유층 가정의 자녀가 아니라는 거예요. 기업도 개인도 경제적 관심이나 그것을 유지해야 한다는 부담감에 지나치게 빠지면, 정신적 가치를 소홀히 여기게 되기 때문이라는 거죠.

인격과 정신적 가치를 깨달은 사람은 기업인도 될 수 있고 사회 각계의 지도자가 될 수 있어도, 정신적으로 빈곤한 사람과 경제 가치의 노예가 된 사람은 대부분 기업인으로 성공할 수 없다는 거예요.

돈이 되든 안 되든, 유명해지든 않든 글을 꾸준히 쓰고자 하는 사람이 경험하는 공통점은 무엇일까요? 가장 우선은 글을 쓰며 얻는 '정신적 보상'입니다. 그동안 정신없이 사는 가운데 놓쳤던 '나'와 '사회'에 대한 질문을 글로 쓰며 수없이 마주하는데요. 그 여정에서 정신적 가치가 자라고 형성됩니다. 내가 왜 여기에 있는지, 내가 서 있는 위치는 어디인지, 어디로 가야 하는지, 잘 가고 있는지, 어떻게 살아야 할지가 조금은 더 선명하게 보이는 거죠.

김형석 교수는 "주어진 일에 최선을 다하라. 그러면 더 소중한 일을 하게 된다"라는 신념으로 지금까지 살아왔다고 해요. 그가 105세가 되어서도 강연하고 책을 써 온 바탕에는 나이를 떠나 주어진 삶에 최선을 다해왔던 그 신념에 있었습니다. 그가 철학하고 글을 쓰며 성실하게 정신을 연마해 왔기에, 살아 있는 지금까지도 현역으로 일할 수 있었던 거지요.

제가 계속 글을 쓰려는 이유가 무엇일지 다시 돌아봅니다. 읽기도 버거워하는 이들이 많지만, 쓰기까지 실천하는 이는 더 적습니다. 또 다른 사유와 노동이 필요하기 때문이지요. 일상을 놓고 씨름했던 시간을 누가 당장 알아주지도 값을 쳐주지도 않습니다. 그야말로 일정한 임계점이 쌓일 때까지는 무임 노동입니다. 그럼에도 글쓰기는 정신을 연마하는 매우 중요하고도 소중한 도구입니다. 이는 보고 듣고 읽기에만 머물러서는 안 되는 이유입니다.

정신을 수련한다는 말은 삶을 수련한다는 말과 같습니다. 특히 에세이는 삶을 수련하기에 정말 좋은 글쓰기이지요. 휘발성 강한 우리의 망각을 붙잡아 책상 앞으로 빈약한 자아를 가져가 보세요. 성실한 사유의 시간을 쌓아가는 이는 언젠가 그가 속한 공동체를 이끄는 정신적 지주가 됩니다. 크기와 상관없이 공동체는 그런 리더를 필요로 합니다.

잘 쓰려면 필요한 한 가지

잘 쓴다는 것은 무엇일까요? 문장력이 탁월한 글이 잘 쓴 글일까요? 김형석 교수는 일제 강점기에 일본 유학을 했기에, 한국어에 약했다고 합니다. 그의 책을 읽어보면 문장력이 탁월하다는 생각이 크게 들지 않습니다. 그의 문장은 화려하지 않고, 군더더기가 없고 그저 소박합니다. 그러나 그 안에 담긴 그의 정신은 잘 전달이 됩니다.

잘 쓴다는 것은 문장력보다도 누군가에게 도움이 되는 글입니다. 도움이 된다는 것은 단순히 정보성 글이 아니라 독자의 사상과 삶에 변화를 가져다주고, 개인뿐 아니라 공동체와 사회에 이바지는 글입니다.

김형석 교수는 삼성그룹 대졸 신입 사원을 위한 시간에 질문 하나를 던지셨는데요. "대학에 다닐 때 나에게 고전의 가치를 갖는다고 생각되는 책 열 권을 읽은 사람은 손을 들어보라"라는 질문이었는데, 다섯 권

정도 대답하는 이도 없었다고 해요.

삼성그룹에서 인문학 출신의 졸업생을 먼저 뽑아 교육시켰던 프로그램이 있었습니다. 지도자가 되기 위해서는 정신적 가치가 기술적 기능보다 더 소중함을 깨달았기 때문이지요. 기술은 단시간에 습득할 수 있지만, 정신적 가치는 그보다 오랜 시간이 걸리거든요.

김형석 교수는 백 년의 지혜를 전하면서 이를 위해 독서의 중요성을 한 번 더 강조하는데요. 정신적 가치를 가지기 위해 독서는 그 기반이 되는 거죠. 그가 100세가 넘어서까지 몸이 잘 받쳐주지 않음에도 건강한 정신력으로 일할 수 있는 이유이기도 하겠고요. 여러분도 이를 인지하고 실천하면 100세 넘어서까지 건강하게 일할 수 있습니다.

이제 오래 사는지가 중요하지 않습니다. 어떻게 육체뿐 아니라 정신적으로도 건강하게 사는지가 중요합니다. 정신적 건강을 위해 그는 독서를 강조합니다. 거기서 삶과 글을 만들어갈 정신적 기반이 마련되는 거죠. 105세 노학자가 전하는 독서해야 하는 이유 세 가지를 정리해 봅니다.

첫째는 시키는 일만 하지 않기 위해서입니다. 그는 한 강연에서 한 가지 조언합니다.

“독서하지 않으면 과장까지는 시키는 일만 하면 되니까 괜찮겠지만, 그 이상의 직책을 맡게 되면 자기 빈곤을 느끼게 될 텐데 어떻게 할 것이냐?”

어느 정도 급까지는 시키는 일만 잘해도 인정받습니다. 그러나 연차가 올라갈수록 자기만 잘해서는 안 됩니다. 다른 사람을 이끌어야 하고, 그들이 잘할 수 있도록 도와주어야 합니다. 이는 단순한 스킬로 통하지 않습니다. 인문학적 소양과 인격이 뒷받침되어야 하죠. 이를 위해 다양한 장르의 독서를 통해 정신과 인격을 연마해야 합니다.

두 번째는 독서 수준이 국가 수준이기 때문입니다. 우리나라는 현재 K-pop, K-드라마 등 대중문화로 세계에서 인정받고 있는데요. 그러나 이런 현실에 비해, 교육이나 인문학적 토대는 약합니다. 선진국 반열에 오르기 위해서 정신적 토대를 치열하게 쌓아가야 합니다.

이와 관련해 김형석 교수는 지금까지 문화의 정신적 태양 책임을 담당한 국가는 다섯 나라, 즉 역사적 순서로는 영국, 프랑스, 독일이었다고 말합니다. 그다음은 러시아가 될 것이라고 기대했지만 러시아가 공산국가가 되면서 사상이 통제되고, 인문학이 사라지면서 그 후계국이 되지 못하고 미국이 대신했습니다. 아시아에서는 유일하게 일본이 문화국의 대열에 참여했고요.

위 다섯 나라의 특성은 국민의 절대다수가 100년 이상 독서한 나라들인데요. 국민의 절대다수가 독서한 나라입니다. 그들의 저력은 독서에 있었습니다. 1994년부터 문화체육관광부에서 실시한 독서통계 실태를 보면 계속 독서율이 하락하는 우리나라의 현실을 볼 때 부럽지 않을 수 없습니다.

이탈리아, 스페인, 포르투갈은 영국보다 선진국이었지만 독서를 안 했기 때문에 문화적 후진국이 되었다고 그는 꼬집습니다. 중남미와 아시아의 대부분 국가도 독서를 소홀히 했기 때문에 정신적 후진국으로 머물러 있다는 거죠. 독서를 잘해왔던 나라들도 사상적, 종교적 폐쇄성으로 인해 독서를 멈추게 되면, 정신적 성장도 멈추게 됨을 역사가 확인시켜 주는 사례입니다.

사회지도층의 독서는 무엇보다도 중요합니다. 책 읽는 국민이 결국 공동체와 세계를 정신적으로 이끌어가기 때문입니다.

세 번째는 학교 성적보다 사고력 있는 사람이 오래가기 때문입니다.

16~17세까지는 기억력이 좋은 학생이 성적이 앞서지만, 학자가 된다든지 크게 성공하는 사람은 늦게까지 사고력에서 앞서는 사람입니다. 영국의 처칠 수상은 마흔이 넘어서야 영재 평가 받았는데요. 그는 대학입시도 낙방한 사람입니다. 아인슈타인은 학생 때 그저 평범한 학생이었습니다.

수능 성적이 전부가 아닙니다. 학교 성적과 수능 성적은 낮았던 학생이 나이가 들수록 앞서는 이유는 사고력이 뒷받침된 경우가 많습니다. 느리지만 꾸준히 독서하며 자기 생각을 발전시켜 가는 사람은 누가 시켜서가 아니라, 살아야 할 방향을 스스로 정하고, 주체적으로 자신이 할 일을 적극적으로 만들어 갑니다. 직장에 다니거나 다니지 않거나 어떤 역할을 주거나 주어지지 않거나 상관없이 묵묵히 자신이 해야 할 소명을 다합니다.

한 권의 책은 하나의 세계를 담고 있습니다. 꼭 전 세계를 다니지 않아도, 한 권의 책을 독파해 갈수록 자신의 세계를 확장해 가며, 자신이 서야 할 위치를 정확히 파악하게 됩니다.

다음은 105세 노학자 김형석 교수의 부친이 자신이 어릴 때 들려준 교훈입니다.

"항상 나와 가정을 위해 사는 사람은
가정만큼 성장한다.
유능한 친구들과 좋은 직장에서
최선을 다하는 사람은
그 직장의 주인이 된다.
그러나 민족과 국가를
걱정하면서 사는 사람은
국가의 지도자가 될 수 있다."

자신의 세계가 넓고 깊을수록 고민의 크기, 비전의 크기가 다를 것입니다. 무엇을 읽어가고 있는지에 따라 쓰는 깊이와 넓이 또한 달라질 것입니다.

하버드 최우수 강사가 알려주는 글쓰기 조언 7가지

우리는 글을 쓰면서 인생을 두 번 맛본다. 그 순간에 한 번, 추억하면서 한 번. _아네스 닌

《내 삶의 이야기를 쓰는 법》의 저자 낸시 슬로님 애러니는 45년간 글쓰기 워크샵을 운영했습니다. 하버드 대학 최우수 교사로 선정되기도 한 그녀는 삶의 이야기를 쓰기를, 즉 자전적 에세이 쓰기를 권합니다. 그녀가 알려주는 글쓰기 조언 중 7가지를 그녀의 문장과 함께 나눠봅니다.

1. 모든 것이 당신만의 고유한 여정을 위해
완벽하게 펼쳐지고 있으며,
무언가를 좋은 것과 나쁜 것으로 분류하고 명명하면,

그것이 오히려 당신을 가둔다.

모든 것이 당신만의 고유한 여정을 위해 완벽하게 펼쳐졌음을 믿으세요. 빛도 어둠도 당신입니다. 변명도 탓도 말고 있는 그대로 안아주세요. 에세이 쓰기는 내 삶을 있는 그대로 수용해 가는 과정입니다.

2. 내가 글을 쓰는 이유는
내가 무슨 생각을 하고, 어떤 감정을 느끼고,
어디에서 막혀서 앞으로 나아가지 못하는지를
알기 위해서다.

알아서 쓰는 것이 아닙니다. 쓰면서 알게 됩니다.

3. 보편적인 주제로
독창적인 글을 쓰는 것은
만만치 않은 도전 과제다.
되도록 구체적이면서도
진실되게 쓰는 것이 도움이 된다.

SNS를 보면 비슷비슷한 콘텐츠가 넘쳐납니다. 그러나 자세히 보면, 디테일에서 차이가 납니다. 나만의 이야기로 바꾸는 방법은 바로 '디테일'과 '진실'입니다.

4. 아, 당신의 영혼은….

영혼은 배우고, 성장하고,

성찰하기 위해 이 땅에 왔다.

자신에게 일어난 일을 재료로

예술 작품을 만들고 싶어 한다.

일기를 예술, 즉 에세이로 바꾸는 방법은 '영혼의 성찰'입니다. 다른 방법은 없습니다.

5. 진정한 자전적 에세이는

단순히 자신에게 일어난 일만을 기록하지 않는다.

그 일이 왜 일어났는지가 중요하다.

'왜?'라는 질문을 파고들 때

당신의 이야기는 보편성을 얻는다.

그것이 우리가 자전적 에세이를

읽는 이유이기도 하다.

일기를 에세이로 바꾸는 한 가지 질문은 '왜?'입니다. 일기는 그저 일어난 일과 얽힌 감정과 생각을 나열할 수 있지만, 에세이는 그 사건이 왜 일어나야만 했는가? 왜 이런 감정과 생각이 드는가? 라는 질문을 기어이 파고들어, 그 답을 얻어냅니다.

6. 독자가 당신이 묘사하는 대상을
최대한 많은 감각을 통해 느낄 수 있도록
생생하게 글을 써 보자.

나는 다 알고 있지만, 독자는 모릅니다. 되도록 오감을 활용하여 자세하게 기록해 보세요.

7. 어떻게 시작하건
있는 그대로의 사실을 쓰라.

있는 그대로의 사실을 쓰기 위해 필요한 한 가지는 '용기' 한 스푼입니다. 그러나 모든 것을 100% 드러내는 것이 솔직함은 아닙니다. 기준은 독자에게 도움이 되는가? 독자에게 상처 주는 이야기는 아닌가? 쓰는 이는 감당할 내용인가를 묻고 물어야 합니다.

솔직하게 써서 순간 감정을 해소하고, 많은 피드백도 받았지만, 정작 본인은 소화하지 못한 일을 써서 상처받은 사람도 있습니다. 단, 초고를 쓸 때는 이런 기준을 고민하지 않고, 마음껏 풀어냅니다. 퇴고할 때 고민을 거듭합니다. 나만의 일기에서 벗어나, 에세이를 쓰는 이유는 누군가에게 도움이 되는 글을 쓰기 위해서니깐요. 감정 해소는 일기로 족합니다.

키워드 글쓰기

> 글쓰기는 '나'와 오롯이 대면하는 시간이다. 일상의 중력에서 벗어나는 것이다. _은유

글방에서 일주일에 한 번, 금요일에는 일상을 소재로 한 키워드 글쓰기를 권합니다. 글감을 받은 후, 생각나는 키워드를 브레인스토밍하듯이 쏟아 내놓고, 그중 세 개 정도를 선택해서 그것을 중심으로 프리라이팅으로 짧은 에세이를 써 보는 것입니다. 이는 소재를 확장해 가기 좋은 방법인데요.

막상 글감이 주어지면, 그것을 어떻게 확장해 갈지 난감할 때가 있습니다. 처음부터 글이 술술 써질 때도 있지만, 어떤 글을 써야 할지 막막할 때가 사실 더 많거든요. 이때 좋은 방법이 키워드를 정하는 것입니다. 브레인스토밍하면서 떠오르는 키워드를 모두 적어 보는 것입니다. 키워드를 모으는 것은 소재 곧 글감을 모으는 과정이고요. 그리고 그중에서 서너 가지 중심으로 글을 쓰기 시작합니다.

쓰고 싶은 주제가 명확할 때도 마찬가지입니다. 주제와 관련된 키워드를 모아보고, 그중에서 몇 가지를 선택합니다. 이 키워드는 '씨앗 단어'라고 표현할 수 있는데요. 그 단어(키워드)로부터 씨앗 문장을 만들고, 문장에 문장을 덧붙여 한 문단을 만듭니다. 단어 하나가 생각을 불러일으켜 또 하나의 단어를 덧붙이게 합니다. 이렇게 문장과 문장이 모여서 문단이 됩니다.

그리고 세 개의 키워드를 선택했다면 그것을 어떻게 연결하는지에 따라서도 글 쓰는 이의 독창성이 나타나는데요.

한 번은 북클럽에서 같은 책을 같이 읽고, 주제 키워드만 하나 드리고요. 그와 관련된 세 가지의 키워드를 각자 선정해서 글을 써 보게 했습니다. 한 권의 책을 읽고, 주제 키워드는 같았지만, 모두가 다른 키워드를 선택했고, 그 키워드를 연결하는 방식도 모두 달랐습니다. 같은 글감이라도 선택한 키워드가 다르고, 키워드가 같을지라도 그 연결성이 다 다르기에 그 사람만의 독특한 문체와 이야기가 흘러나오게 되는 거죠. 또는 한 사람이 선택한 같은 키워드일지라도 그것을 어떻게 연결하는지에 따라서 다른 글들이 나올 것입니다.

소재를 확장하기

- 정의, 배경, 정보
- 상황설명, 묘사, 의미
- 사례, 경험, 인용, 지식
- 느낌, 주장, 근거

이야기를 더 확장하기 위해서 선택한 키워드를 중심으로 해서 위의 네 가지를 활용해 봅니다. 즉 정의를 내려보거나 배경지식을 설명하고 정보를 제공합니다. 또는 상황을 자세히 설명하거나 묘사해 봅니다. 관련된 사례와 경험을 제공하거나 책 속의 좋은 자료나 연구를 인용합니다. 또는 자신의 느낌이나 주장, 관련된 근거를 덧붙입니다. 이렇게 소재를 발전시키고 주제를 보충합니다. 보통 한 문단에는 핵심 문장(메시지)가 하나인데요. 나머지 문장은 그 핵심 문장을 보충하기 위해서 위의 네 가지를 활용하는 것이지요.

다음 글은 타지역 도서관에서 글쓰기 강의를 했을 때 쓴 글입니다. 강의 전 두 시간 일찍 도착했어요. 도서관 근처 카페에서 키워드 글쓰기를 해 본 글입니다. 떠오르는 키워드 세 개를 정하고, 10분 정도 의식의 흐름대로 써 본 초고예요. 그날 강의 때도 이 글을 소개했어요. 글을 쓰려고 하는 순간, 떠오른 키워드 세 개는 시계, 글쓰기, 영원이었습니다.

제목 : 사라지지 않기 위해 글을 쓴다

나는 거의 액세서리를 하지 않는다. 가끔 신혼 때 준비한 작은 반지나 대학생 때 엄마가 주신 십자가 목걸이를 할 뿐이다. 거추장스럽기도 하고, 나한테는 화려한 액세서리가 어울리지 않는다고 생각한다.

시계도 거의 차지 않는데, 일터에 있을 때 생일에 받은 선물 중 시계가 서너 개 있었다. 어쩔 수 없이 손목이 보이는 계절에 가끔 찰 뿐이었다. 반짝이는 크리스털이 박힌 시계, 금, 은빛을 띤 줄이 달린 시계는 화려하지는 않지만 멋을 내주었다. 폰으로 수시로 시간을 보는 시대, 시간 확인보다는 멋을 위한 용도로 활용할 뿐이었다.

도서관 글쓰기 강의를 위해 이동 중이다. 운전하다가 문득 운전대 위에 놓인 내 손목이 보였다. 오랜만에 손목이 살짝 보이는 재킷을 입었는데, 오늘따라 하얀 손목이 왠지 허전해 보였다. 갑자기 오래전 착용했던 시계들이 생각났다. '그 시계들이 다 어디 갔더라.'

현재 나는 그 시계들을 하나도 소장하고 있지 않았다. 하나는 동생을 주었던 거 같고, 나머지는 이사 다닐 때마다 발견되었던 시계가 금, 은빛이 빛바래진 것을 확인했던 기억이 어렴풋이 난다. 착용보다 보관한 시간이 더 많아, 그들의 소명을 이루어주지 못한 거 같아, 괜스레 그 시계들에 미안한 마음이 든다.

그러다가 순간 이런 생각이 스쳐 지나갔다. 보이는 것들은 이렇게 모두 어느 날 빛바래지고, 희미해지고, 사라지는구나. 그런데 사람들은 이렇게 보이는 것들을 소유하고자 집착하고 거기에 올인하며 사는구나 하는 생각에 물건도 사람도 안쓰럽다는 생각이 들었다.

그럼 '영원한 건 뭘까?', '사라지지 않고 오래갈 수 있는 것은 없을까?'. '사랑, 정의, 희망, 행복'과 같은 단어들이 생각났다. 그리고 '절망', '좌절', '실망', '우울' 같은 단어들도 생각났다. 이것들은 보이지 않지만, 시대가 변하고 사람이 바뀌어도 영원토록 존재하고 맴도는 것들이다.

타지에 와서 세 번 연달아 강의하게 되었는데, 마지막 강의를 앞둔 며칠 전, 수년 만에 한 친구에게 연락이 왔다. 그런데 알고 보니, 내가 강의하는 지역에서 아주 가까운 곳에 그 친구가 살고 있었다. 우연일 수 있지만, 이 또한 인도하심이 있는 걸까? 마지막 강의 후 그 친구를 만나 식사와 차를 하기로 했다. 끊어질 것만 같은 실낱같은 인연, 그러나 또다시 이어지는 관계, 이 관계는 영원할 수 있을까?

곧 이제 글쓰기 강의를 하러 간다. 사람들은 왜 글을 쓰려고 하는 걸까? 나는 왜 쓰려는 걸까? 글쓰기는 영원한 걸까? 쉬 사라지고 마는 것일까? 잠시 곰곰이 생각에 잠긴다.

인간은 영혼을 가진 존재지만, 몸을 지닌 존재이기도 하다. 하루 24시간, 오래 살면 100세라는 시간을 선물 받는다. 긴 것 같지만, 인간과 우주의 역사를 생각하면 모래알보다도 더 작다. 모래알이 손바닥에서 빠져나가듯 사라져 버릴 시간에 대한 유한한 감각은 사람을 불안하게 한다. 그 시간이 사라져 버리면, '나'도 사라져 버릴 것 같은 불안, 그리고 그 허무함이 글을 쓰게 하는 것은 아닐까?

쓰는 순간만큼은 미라처럼 그 시간을 붙들어, 종이 안에 박제해 놓아서라도 영원을 살고자 하는 욕망이 글을 쓰게 하는 것은 아닐까? 그러나 종이도 시간이 지나면 바래져 사라져 버릴텐데. 그렇지만 잘만 하면 그 종이에 담긴 작은 정신, 그 정신이 담긴 영혼은 살아 움직여 시대와 시대를 넘나들며 영원히 살아남을 수도 있겠다. 이 또한 환상일 수 있겠지만, 이 작은 환상은 '영원'을 꿈꾸게 한다. 그래 맞다. 나는, 그리고 우리는 사라지지 않기 위해 글을 쓴다.

한 가지 더 사례를 나눌게요. 다음은 온라인에서 에세이 강의를 하던 날, 키워드 글쓰기를 해 본 글입니다. 키워드 글쓰기를 소개하는 날이니깐 뭐라도 하나 써 보자 하는 마음으로 컴퓨터를 열었습니다. 그런데 그날은 외출도 없었고, 정말 특별한 일정이 없던 날이었어요.

그래도 키워드 세 개를 모아보았습니다. 에세이 강의, 블로그 댓글, 미세먼지였어요. 요 며칠은 블로그에 글을 잘 안 썼고 공지만 올리고 있었는데, 한 분이 에세이 특강과 관련 공지 글에 댓글을 다셨더라고요. 그리고 제 책상이 베란다 옆에 있어 고개를 들면 늘 바깥 풍경을 볼 수 있는데요. 맑은 날에는 치악산이 저 멀리 보여요. 며칠 동안 미세먼지 때문에 흐릿해서 밖이 하나도 안 보이는 거예요. 근데 그날은 치악산이 너무 맑게 보이는데 산언덕 능선 그림자 하나하나까지 다 보이는 거예요. 글을 쓰려고 할 때, 그 모습이 자꾸 어른거리더라고요. 그리고 조금 있을 강의에 정신이 집중되어 있으니, 강의를 키워드도 정해 보았어요. 이걸 어떻게 연결하지, 하는 마음과 함께 이 세 가지 키워드를 중심으로 손의 움직임을 따라 써 보았어요. 다음은 5~10분 만에 쓴 거예요.

제목 : 글쓰기를 가장 어려워하는 사람

오늘 금요일이다. 피로를 마감하는 일주일의 끝에 강의를 한다. 주제는 에세이다. 독서는 오래 해왔지만 뒤늦게 글쓰기 세계에 입문해 에세이 매력에 빠져 들었다.

20대에는 말이든 글이든 나를 표현하는 것을 심하게는 부끄러워했었다. 그런 내가 기꺼이 책을 쓰고 강의하고 글을 쓰고 있다. 공부하는 마음으로 쓰고 강의한다. 80여 분 가까이 강의를 신청하셨다. '왜 이렇게 많이 신청하셨을까?', '글을 쓰고 싶은 이들이 많구나!' 하는 생각이 곧 '자기 목소리를 찾고 싶어 하는 이들이 많구나!' 하는 생각으로 바뀐다.

이는 나도 별반 다르지 않다. 늘 노트 앞에 서면 오늘은 어떤 글을 토해낼까 하는 기대감도 있지만, 희미하고 덩어리진 생각과 감정 앞에서 막연함과 두려움이 올라오기도 한다. 때로는 그저 키보드 위에 올려진 손에 의지하여 한 단어 한 단어를 밀어내며 앞으로 나아갈 뿐이다. 지금도 그러고 있다. 그러다가 잠시 블로그에 가보았더니, 특강 공지에 어떤 한 분이 이런 댓글을 달아 놓았다.

"작가는 다른 사람들보다 글쓰기를 어려워하는 사람이다."라는 한 문장을.

그래도 내가 책을 몇 권 쓴 작가이고 글쓰기, 책 쓰기 코칭도 하고 있는데, 이런 댓글을 다는 이는 누굴까. 기분 나쁘게 생각할 수도 있는데,

가만히 다시 생각해 보니, 맞는 말이었다. 그래서 나는 이렇게 답변을 달아 놓았다.

"맞아요. 늘 어렵기 때문에 공부하고 연습해요. 쉬워질 날이 언제 있을까요?"라고.

쉬워질 날은 영원히 없을 것 같다. 가끔 내가 강의할 자격이 있을까 하는 생각도 든다. 나보다 더 잘 쓰는 이들도 많고, 나는 그저 공간을 열어줄 뿐이다. 그 울타리 안에서 나도 그저 조금씩 쓰는 사람일 뿐이다.

수많은 글쓰기 책을 읽었지만, 글쓰기가 쉬웠다거나, 글을 원래부터 잘 썼다고 고백하는 이는 한 명도 없었다. 작가는 어쩌면 더 어렵기에, 무언가 더 결핍되어 있기에, 그래서 더 간절한 열망으로 포기하지 않고 썼던 이들이었다.

그러다가 일찍이 유명해진 사람도 있고, 살아생전에는 빛을 못 보다가 나중에 발견된 이도 있었고, 영원히 자기 글에 스스로만이 유일한 독자로 남아 있을 수도 있을 것이다.

노트북에서 눈을 떼고 베란다 밖으로 시선을 잠시 돌렸다. 며칠째 미세먼지로 세상이 온통 뿌옜는데 비가 온 후여서인지 치악산 능선 아래 그림자까지 입체적으로 선명하게 보였다.

이런 생각이 들었다. 말도 글도 그렇게 맑아졌으면, 강의 원고가 있지만 더 자유롭게 명료한 목소리를 발하였으면, 그래서 하나의 메시지라도 필요한 누군가에게 가닿았으면, 내 것 같지만 곧 사라져 버릴 24시간 속에서 붙잡고 싶은 반짝이는 생각 한 줄기를 씨앗처럼 글로도 심을 수 있기를 간절히 빌었다.

그날은 진짜 정말 쓸 게 없다고 생각했거든요. 그런데 쓰려고 마음을 먹으니, 세 가지 키워드가 떠오르는 거예요. 그날 쓸 게 없으니 아예 쓰려고 하지 않았다면 위의 글은 태어나지 않았을 거예요. 사실 그렇게 안 쓰고 넘어가는 날도 많기는 해요. 그래서 저도 24시간 그냥 날려버린 날이 얼마나 많은지 모르겠습니다.

그런데 뭐라도 써보자 이렇게 마음을 먹고 노트북을 켜는 순간에 뇌가 갑자기 일상을 스캔하며 소재가 하나둘 모입니다. 그렇게 쓰면 짧더라도 그때의 감정, 생각을 오롯이 남길 수 있어요.

서사 없는 '텅 빈 삶'

> 글 쓰지 않는 동안엔 나는 존재하지 않았고, 나는 타인이었으며, 나는 생각 없이 살았다. _찰스 부카우스키 (1991년 9월 26일)

"내 글은 너무 일기 같아요."

에세이 초고를 쓰고, 예비 작가님들에게 가장 많이 듣는 고백입니다.

글쓰기 강의할 때는 방법론적인 것보다 본질적인 질문을 먼저 던지는 편인데요. 본질적인 질문들이 해결될 때 동기부여가 되고, 그 의미들을 고민해 갈 때 꾸준히 글을 쓰고 책을 쓸 수 있거든요.

글을 쓰는 과정이 기쁨도 있고 보상도 있지만, 한편으로는 노동이기에 글 쓰는 것도 쉽지 않은 부분이 있습니다. 그래서 왜 글을 써야 하는지 특히 에세이를 쓰면 뭐가 좋은지 저 또한 늘 고민해요. 왜 에세이가 매력적으로 다가왔을까, 왜 에세이 글쓰기 수업을 열고 함께 쓰고 있을까를 말이에요. 에세이를 쓰고 강의도 하고 책도 출판하지만, 이런 고민을 때마다 하며, 다시 한 번 확인하는 과정을 거칩니다.

현대인들은 왜 불안하고 공허할까

현대인들은 많이 불안해하고 공허해요. 여러분은 어떠세요? 여러분늘 충만하나요? 퇴직 후 2-3년간 SNS 통해서 연결된 분들을 온라인에서 거의 만나고 있어요. 오프라인에서 만난 분은 거의 없어요. SNS로 네트워크 된, 초연결된 시대에 살고 있지만 현대인들은 그만큼 더 고립되고 소외감을 느껴요.

수많은 정보들이 쏟아지잖아요. 정보 쓰나미 속에 우리가 살고 있지만, 공허해요. 매우 많은 정보를 얻고 촘촘히 연결된 것 같지만 왜 더 불안해 할까요? 고독과 소외감을 여러분도 혹시 경험하고 있지 않으신가요?

한병철 교수는 수년 전에 《피로 사회》라는 책으로 한국 사회에 중요한 화두를 던지신 분이십니다. 그가 《서사의 위기》 라는 책을 이어서 출간하셨는데요. 이 책의 제목에 있는 '서사'라는 말을 우리가 많이 쓰지는 않습니다. 이야기 또는 스토리라는 단어를 더 많이 쓸 거예요. 책에는 다음과 같은 문장이 있습니다.

아름다운 꽃을 봐도 감동을 온전히 느끼며
내면으로 파고드는 것이 아니라
재빨리 스마트폰으로 사진을 찍어
인스타그램 스토리에 올리는 데 그치며
자신만의 서사를 만들지 못한다는 것이다.
고유한 이야기를 잃은 사회,
내 생각과 느낌을 말하지 못하고
입력한 정보를 앵무새처럼 내뱉는 사회의 끝은 서사 없는 '텅 빈 삶'

우리가 재빨리 스마트폰으로 사진을 찍고 인타스트램 피드에 올리지만, 아름다운 꽃을 보고도 막 감동을 하지 못한다는 거예요. 빠르게 정보를 소비하거나 생산하고, 사진 스냅샷을 찍고 공유 하지만 정작 자신만의 서사를 만들지 못한다고 그는 문제 제기를 합니다. 개인뿐 아니라 우리 사회도 마찬가지로 자신만의 서사, 이 고유한 이야기를 잃어버렸다는 거죠. 내 생각과 느낌을 말하지 못하고 기계처럼 빠르게 생산하고 유통하는 즉, 앵무새처럼 내뱉는 이 사회의 끝은 서사 없는 텅 빈 삶이다라고 그는 말해요.

여기에 현대인의 불안이 존재하며 정보와 이야기의 차이점을 언급합니다. 정보는 맥락이 없고 이야기는 맥락이 있습니다. 마케팅 기법에서 말하는 스토리셀링이라는 것도 사실은 서사가 아닌 정보성 콘텐츠에 불과하다고 지적합니다.

현대인들에게는 서사를 만드는 능력이 상실되어 있습니다. 그들은 정보의 쓰나미 속에 몽롱할 정도로 제 제정신이 아닌 거죠. 기술의 도움으로 소통을 많이 하는 것 같지만, 모두가 소통의 주인으로 살지 못하고 있습니다. 현대는 민주사회고 누구나 SNS을 통해서 목소리를 낼 수 있을 정도로 자유합니다. 그러나 진짜 본 모습, 내 이야기, 내 서사를 만들어가지 못하는 우리는 정보의 노예일 뿐입니다.

자기만의 서사를 찾아가는 과정

에세이가 매력적인 부분은 이 점입니다. 에세이는 내 이야기를 써가는 거잖아요. 별 볼일 없고, 특별한 경험도 없고, 그저 평범하지만, 일상의 파편들을 이리 저리 굴려보고 조합해 보면서 자기만의 서사를 만들어가는 거죠.

한 편의 에세이를 쓴다면 하나의 글감만 들어있지 않아요. 때론 여러 에피소드가 들어갈 수 있어요. 그걸 조합하고 구슬을 꿰어가면서 중간중간 멈추고 지루함을 견디고 사유하고 내가 왜 이 소재를 가져왔는지 수시로 고민하면서 한 편의 글이 완성되는 거거든요. 그런데 근데 그 소재들이 그냥 흩어져 있고 연결되지 않고 구슬을 꿰지 않으면 서사는 아닌 거죠. 그 서사를 만들어가는 과정이 에세이입니다. 그런 측면에서 불안과 공허를 치유하는 또 하나의 방법인 거죠.

에세이는 텅빈 삶을 채우는 내 삶의 무기입니다.

글 쓰지 않는 동안엔

> 글을 쓰고 싶다면 기꺼이 위험을 무릅쓰고 모험을 해야 한다. 조롱거리가 되는 위험을, 자신을 바보라는 것을 깨닫게 되는 위험을 감수해야 한다.
>
> _제서민 웨스트

에세이보다 일기를 쓰는 사람이 더 많을 겁니다. 일기와 에세이는 모두 '나'를 소재로 한다는 점에서는 같습니다. 그러나 일기를 에세이로 바꾸려면 어떻게 해야 할까요? 일기와 에세이의 차이점은 무엇일까요?

우선 일기(日記)의 정의를 살펴볼까요?

"날마다 그날그날 겪은 일이나 생각, 느낌 따위를 적는 개인의 기록"
_《국립국어원 표준국어대사전》

자서전적 글의 한 형태. 일기 쓰는 사람이 자신의 활동과 생각을 규칙적으로 기록하는 것 _《브리태니커 백과사전》

"누구나 아까운, 의의 있는 생활을 기록하는 것이 일기이다. 보고 들은 것 가운데, 또 생각하고 행동한 것 가운데 중요한 것을 적어 두는 것은, 그것은 형태가 없는 것이나 모조리 촬영한 생활 전부의 앨범"
_《문장강화》 이태준

일기는 형식이 없어요. 그냥 다이어리처럼 기록하기도 하고 여유가 있을 때는 생각이나 감정들을 디테일하게 기록하기도 하죠. 이태준 작가는 "누구나 아까운, 의의 있는 생활을 기록하는 것이 일기"라고 말했어요. 그러나 24시간이 모두 적을 수는 없잖아요. 그중에 인상 깊었던 활동을 촬영처럼, '앨범'화해 놓는 거죠.

찰스 북하우스키라는 분이 계세요. 이 분은 일기를 엄청 많이 쓰신 분인데, 무슨 사건이든 비판 의식 없이, 자기 없이, 기록만 하면 보도문일 뿐이며, 일기에 자기가 없으면 아무 의미도 없다고 말해요. 그가 말년에 남긴 일기가 있는데, 어느 정도 솔직했냐 하면요.

"꽃이 피어나는 것이 애도할 일이 아니듯,
죽음도 애도할 일이 아니다.
끔찍한 건 죽음이 아니라 인간들이 죽기까지 살아가는 삶,
또는 살아 보지 못하는 삶이다.

인간들은 제 삶을 소중히 여기지 않고,

제 삶에 오줌을 싸 댄다.

제 삶을 똥 싸 갈기듯 허비한다. 멍청한 씨댕이들"

이처럼 '자기'가 살아있고, '솔직함'과 '진정성'이 담겨있다는 것은 일기와 에세이의 공통점이기도 하죠.

"인간들이 제 삶을 소중히 여기지 않고 제 삶에 오줌을 싸대고 있다.", "제 삶을 똥 싸 갈기듯 허비한다. 멍청한 시댕이들." 인간들이 이러고 있다는 거예요. 인간들의 삶을 팩트 폭격했는데, 재밌죠, 정신이 확 차려지죠. 이런 문장을 일기를 남겼어요.

이런 문장도 일기에 남겼어요.

"글쓰기 때문에 우린 자는 사이에 원기를 되찾을 거고,

글쓰기 덕분에 우린 호랑이처럼 늠름하게 활보하게 될 것이며, 그 덕분에 우린 눈에 불꽃이 튀고

또 죽음을 똑바로 대면하게 될 거다.

우린 투사로서 죽음을 맞이하고 지옥에서 경배받을 거다.

말의 운수, 그거에 맡기고, 써 갈겨 버려라!

어둠 속의 어릿광대가 되라.

글쓰기, 그거 재밌다. 재밌고말고." (1991년 9월 26일)

글쓰기 때문에 우린 자는 사이에 원기를 되찾을 것이고, 호랑이처럼 늠름하게 활보하게 될 것이고 덕분에 눈에 불꽃이 튄다는 거예요. 그러니 고민하지 말고, 써 갈겨버려라, 그러니까 막 쓰라는 거예요. 누구한테 보여주기 위한 글이 아닌 일기여서 이렇게 솔직하게 썼는지는 모르겠지만요.

일기는 많이 썼지만, 실제로 살아있을 때 책으로 묶인 거는 4권의 시집뿐이래요. 출간을 원하지도 않았고, 그냥 일기 같은 글들 써 오신 거예요. 꾸준히 쓰면서 글쓰기가 자기한테 어떤 걸 주는지 확인하고, 원기를 회복하고, 호랑이 불꽃 같은 것을 경험했기에, 어떤 목적이나 어떤 결과물이나 그걸 생각하지 않고 꾸준히 쓸 수 있었던 거죠.

> 글 쓰지 않는 동안엔 나는 존재하지 않았고, 나는 타인이었으며, 나는 생각 없이 살았다.
>
> _찰스 부카우스키 (1991년 9월 26일)

그는 또 글 쓰지 않는 동안에는 내가 존재하지 않았대요. 나는 내가 아니었고, 타인이었고 생각 없이 살았다는 거예요.

저도 제가 조금 더 존재하고 싶고 나다워지고 싶고 좀 더 생각하면서 살고 싶기 때문에 어떻게든 쓰려고 발버둥 치는 쓰는 사람 중의 한 사람일 뿐입니다. 어떤 결과를 떠나서 지속적으로 쓸 수 있는 것은 이런 이유 때문일 거예요.

그뿐만 아니라 치유가 됩니다. 어떤 것도 쓸 수 있는 공간이잖아요. 가장 가까운 가족과 친구에게도 말하지 못하는 모든 것을 쏟아놓을 수 있어요. 그럼으로써 자신을 객관적으로 보게 됩니다.

객관적으로 내 머리에 감정과 생각이 덩어리처럼 뭉쳐 있어 구분이 안 되잖아요. 부정적인 감정이 들면 그것이 그냥 나인 것 같은데 이걸 노트에 옮겨담는 순간 딱 시각화가 되거든요. 그럼, 나랑 분리가 됩니다. 그러면서 내가 나를 좀 더 객관적으로 보게 됩니다. 부정적인 감정이 곧 내가 아닌 것을 직시하게 됩니다. 감정과 '내'가 분리되면서 나를 객관적으로 보게 되고, 감정이 해소되고 치유의 순간들을 경험하게 되는 거죠.

이렇게 자기 삶을 소중히 여기는 한 방법이 글쓰기인 것 같거든요. 저는 내 삶을 어떻게든 소중히 여겨보자는 마음으로 쓰고 있어요.

그리고 일기를 많이 쓰게 되면 글쓰기 능력은 당연히 향상되겠죠. 유시민 작가님도 그렇게 고백하시고, 버지니아 울프같이 굉장히 유명한 작가도 27년 동안 일기를 썼대요. 그녀가 여러 서평, 산문, 소설 가리지 않고 많은 글을 남길 수 있었던 이유 중에 일기가 모든 글쓰기의 씨앗이 된 것은 분명합니다.

그러나 출간을 의도하지 않든, 감정 해소 창구든, 습작이든 보통 사람에게 일기는 그 자체만으로는 큰 가치를 가지지 못할 수 있어요. 아직 세상에 내보이지 못한 상품처럼, 누군가에게 의미 있는 글로, 콘텐츠로 가닿지 못한 상태이니깐요.

뻔한 일기를 에세이로 바꾸는 법

글쓰기야말로 한 개인의 한계를 뛰어넘고자 하는 적극적인 삶의 시도가 된다. 글쓰기는 내 생각과 삶이 글을 타고 흘러 다른 사람에게까지 연결되는 일종의 연대 요청이다. _김우영

에세이는 일기와 달리 읽는 사람, 즉 타인과 세상을 좀 더 중심에 둔 글쓰기예요.

일기와 에세이 차이는 무엇일까요?

첫 번째, 일기는 나만 보지만, 에세이는 독자가 있는 글이에요. 그래서 일기는 쓰는 사람 중심이고 에세이는 읽는 사람 중심이에요. 일기는 나

만 보기에 어떻게 더 잘 쓸지 고민하지 않아도 되지만, 에세이는 읽는 사람을 전제로 하기에 어떻게 더 잘 읽히는지 고민해야 해요.

두 번째, 일기는 의식의 흐름대로 써도 되는 형식이 없는 글이에요. 아무거나 아무렇게 써도 누가 뭐라 하지 않죠. 반면, 에세이는 내가 느낀 감정에 구체적인 이유나 근거, 사례를 들어야 하고, 문장과 문장, 문단과 문단 사이의 맥락을 생각하며 주제에 맞춰 소재들을 재구성할 수 있어야 해요. 일기는 수다처럼 이 이야기에서 저 이야기로 왔다 갔다 할 수 있지만, 에세이는 누가 봐도 이해하기 쉽게 흐름이 매끄러워야 해요.

세 번째, 일기는 자료조사가 필요 없어요. 반면 에세이는 취재, 인용, 주장, 정보 등 자료 조사가 필요해요. 일기는 메모와 사례가 필요 없지만 에세이는 사례가 풍부하면 좋아요. 일기와 SNS에 단편적으로 모아놓았던 글감이나 인사이트들은 모두 에세이를 위한 소재가 됩니다. 일기는 소재 창고로 활용하는 거죠.

네 번째, 일기는 모호해도 되지만 에세이는 모호하면 안 됩니다. 에세이를 꾸준히 쓰면 내 삶의 의미를 또렷이 인지하게 됩니다. 그래서 일기는 기록으로 머물지만, 에세이는 하나의 콘텐츠로 가치가 있습니다.

물론 나중에 귀한 역사적 자료로 활용되는 일기도 있어요. 어떤 할머니가 쓴 일기가 책으로 묶여 나왔는데요. 영수증 모음도 담겨 있었어요. 오늘 뭐 했고 뭐 먹었고, 당시 짜장면값이 몇백 원이었고, 반찬값은 얼마였고, 이런 기록들도 50년, 100년 기록이 쌓이면 역사적 가치가 되는 거죠. 그런데 에세이는 독자들이 읽기 편하게 하나의 완성된 글로 바로 만들기에 기록을 넘어 하나의 콘텐츠로서 가치가 있어요.

다섯 번째, 일기는 남의 의견이 필요 없어요. 오로지 나에게 집중합니다. 그러나 에세이는 공적인 글이기에 때론 부정적인 댓글이 달리거나 무반응으로 상처를 받을 수도 있어요. 쓰는 과정에서는 치유가 되지만, 또 다른 상처가 될 수 있는 거죠. 그러나 다른 의견 또한 타인을 이해하고 내가 성장하는 기회가 될 거예요.

일기를 디딤돌 삼아 에세이로

일기든 에세이든 어떤 것이 더 좋은지를 물었을 때 우선은 일기같은 글이라도 쓰는 것이 중요합니다. 두 가지 글쓰기 방식이 나에게 줄 수 있는 영향력이 다를 뿐입니다. 일기를 글감 창조로 활용하고, 그것을 디딤돌 삼아서 에세이로 넘어갈 수 있어요. 사적인 기록을 재료 삼아서 더 높은 차원의 결과물을 만드는 거죠. 그러면 하나의 콘텐츠로서 가치를 가지게 됩니다.

일기는 쓰기의 감을 잃지 않는 글쓰기 방법입니다. 완벽한 에세이를 쓰려고 하기보다 매일 일기같은 글이라도 꾸준히 써 보세요. 글은 글쓰기로 실력이 늘거든요. 무엇보다 일기를 통해 에세이를 쓰기 위한 소재를 모을 수 있습니다.

일기는 혼자 위로하고 끝나지만 일기를 에세이로 남기면 브런치나 여러 플랫폼에 포스팅할 수 있는 콘텐츠도 되고, 책에 넣을 한 꼭지가 될 수도 있답니다.

일기만 쓰고 있다면 에세이로 바꿔 보세요.

뻔한 일기를 에세이로

에세이는 누구나 쓸 수 있는 장르이기에 접근성이 좋아요. 그렇다면 마냥 쉬울까요? 꼭 그렇지만은 않습니다. 왜 그럴까요? 일기처럼 느껴지지만 일기는 아니기 때문입니다. 자 그러면 일기를 에세이로 바꾸어 봅시다.

먼저는 관찰이 필요해요. 그런데 세상 자체에 대한 관찰이 아니라, 세상을 보는 '나'를 관찰해야 해요. 나를 관찰한다는 말은 글 쓰는 이의 시선이 담겨 있어야 한다는 말이에요. 신문 기사처럼 세상을 사실 그대로 기록한다기보다 세상을 내가 어떻게 봤는지를 말하는 겁니다.

글방을 수개월 운영하고 있는데요. 같은 글감이라도 글은 모두 다릅니다. 세상을 보는 '나'가 다르기 때문인 거죠. 그래서 많은 분이 '내 이야기는 평범한 것 같아요.'라고 말하지만, 비슷비슷한 일상에서도 그것을 바라보는 시선은 미묘하게 다 다르거든요. 그래서 누구나 글을 쓸 수 있는 거예요. 그 소재를 어떻게 엮고 바라보느냐에 따라서 메시지가 달라지기 때문이죠. 이것을 '관점의 차별화'라고 합니다.

그 시선이 이야기 표면에 드러나 있든, 숨겨져 있는지는 중요하지 않아요. 글쓴이의 관점, 시선이 나타나야 하는 거죠. 독자가 같은 주제의 책을 다양하게 읽는 이유는 미묘하게 다른 시선들을 읽고 싶기 때문일 거예요.

두 번째 사소한 것을 구체적으로 쓰세요. 소설을 필사하면 디테일에 도움이 됩니다. 묘사가 섬세하게 잘 되어 있는 소설이 많거든요. 관찰에서 디테일이 나옵니다. 똑같은 사물을 봤는데, 거기서 길러내는 디테일에서 글의 생동감이 달라집니다.

제가 온라인 새벽 독서실에서 《웃음의 힘》이라는 시집에 있는 한 시를 소개해 드렸어요. 한 줄짜리 시였어요.

> 낮달
> 울 어매 얇게 빗 썰어 놓은
> 무 한 장

작가의 시는 전체적으로 매우 짧았는데요. 정말 평범하고 익숙한 소재를 새로운 시선으로 보더라고요. 해를 보고, 동그란 무를 생각하고, 무를 보면서 엄마를 생각하는 연상이 이어지는데 이런 게 디테일인 거죠. 관찰에서 이 모든 것들이 나옵니다.

세 번째는 의미를 길어내는 연습입니다. 의미는 재미로 공감으로 감동으로 교훈으로도 나타날 수도 있습니다. 어떤 형태로든 의미가 공명할 때 독자가 이 글을 읽기 위해서 들인 시간과 에너지를 보상받지 않을까요. 읽었는데, 이 사람이 무슨 얘기하는 거지 그냥 일기처럼 나열만 했네라고 생각하면 읽은 시간과 에너지를 아깝게 여길 수 있습니다.

그저 사건과 생각을 나열하지 않고, 그 사건에 대한 자신의 시선을 믿고 기록해 봅니다. 그 시선에 디테일과 의미가 담길 때까지 관찰합니다.

내 글 스스로 첨삭해 보기

> 먼저 쓰고 싶은 내용이나 아는 것을 두서없이 쏟아낸다. 내 머릿속에 있는 것을 종이나 모니터 위애 옮겨 놓는 것이다. 많은 사람이 머릿속에서 생각을 정리한 다음 쓰려고 한다. 그렇게 하지말고 정리되지 않은 생각을 그대로 쓰자는 것이다. _강원국

제가 운영하는 에세이 공동 저서 클래스에서는 초고를 쓴 후, 제가 처음부터 첨삭해 주지 않습니다. 퇴고 강의를 진행한 후, 제가 부분 첨삭으로 예시를 보여드리고요, 그다음에는 스스로 최소 세 번에 걸쳐 퇴고하도록 합니다.

이 과정이 힘들었지만, 의외로 이 부분이 좋았다고 하시는 분이 많아요. 글을 써 보는 경험뿐 아니라, 퇴고하는 경험을 통해서 글에 대한 또 다른 감각을 느낄 수 있거든요. 그렇게 세 번의 퇴고를 스스로 해 본 후

에, 그제야 어느 정도 다듬어진 글을 제가 전체적으로 읽으면서 첨삭을 진행합니다.

기본적인 퇴고 지식을 쌓고, 몇 번의 첨삭 경험만 거쳐도 스스로 자기의 글을 어느 정도는 첨삭할 수 있습니다. 물론 좀 더 섬세한 완성도를 위해서는 계속 맞춤법이나 문장과 주제의 흐름은 계속 공부해 가야 합니다.

기본적인 퇴고 방법

보통 퇴고하면 맞춤법과 문법을 많이 생각하는데요. 그것보다 더 우선해야 하는 것은 주제와 내용, 문단의 흐름입니다. 그러고 나서 문법과 맞춤법을 고려합니다. 거꾸로 하면 맞춤법을 고치고 내용을 수정하면, 문장이 또 흐트러지기에 일이 두세 배가 됩니다. 다음과 같은 순서로 퇴고해 보세요.

1. 내용 퇴고

- 한 편의 글은 하나의 중심 문장만 가진다.
- 한 문단에는 가급적 하나의 중심 문장만 가진다.
- 한 문장에는 하나의 중심 단어만 가진다.
- 문단과 문단의 흐름이 잘 이어졌는지 점검한다.
- 내 스토리가 내가 전달하고자 하는 주제를 여러 에피소드의 구성을

통해 잘 전달하고 있는지 체크한다.

문단과 문단의 흐름이 자연스럽지 않으면 전달력도 약해지고 힘도 분산됩니다. 하나의 주제를 향해서 모든 소재가 모아져야 합니다.

2. 문법 퇴고

• 맞춤법과 띄어쓰기

먼저 맞춤법 검사기를 활용합니다. 요즘에는 웬만한 문서와 플랫폼에는 모두 맞춤법 기능이 포함되어 있습니다. 100퍼센트 정확하지는 않지만, 기본적인 오타나 띄어쓰기는 수정해 줍니다.

• 주술(주어+서술어) 호응

한국어는 주어가 맨 앞에, 동사가 맨 뒤에 나옵니다. 그래서 문장이 길어지게 되면, 주어와 동사가 어긋날 때가 있어요. 주술 호응이 제대로 드러날 때 뜻이 명확하게 전달됩니다. 또는 말할 때 주어를 생략하거나 서술어를 흐리는 언어 습관을 가진 사람이 있는데 글쓰기에서는 치명적입니다. 전달 내용이 명확하지 않기 때문입니다.

• 모든 문장은 가급적 능동형으로 씁니다.

수동을 의도한 경우가 아니면, 능동형으로 써야 문장에 힘이 생기고, 생동감이 더해집니다.

• 짧고 분명하게 단문으로 씁니다.

모든 글에 단문이 정답은 아니지만, 길고 복잡하고 이해가 힘든 문장은 독자도 읽기 힘듭니다. 독자를 지치게 하고, 독자의 시간을 빼앗습니다.

• 적, 의, 것, 들은 되도록 빼주고 다른 표현으로 바꿔봅니다.

• 프린터 해서 읽기

디지털 화면에서는 잘 보이지 않던 따옴표나 문장 부호 등을 프린트하면 더 쉽게 눈에 띕니다. 특히 따옴표 방향이 잘 되어 있는지, 띄어쓰기가 두 칸은 아닌지 살펴보세요. 따옴표 안, 문장에도 마침표 점을 꼭 찍어 줍니다. 이런 부분은 디지털 화면으로 봤을 때 잘 안 보일 수 있습니다.

• 소리 내어 읽기

프린트물을 소리 내서 읽어봅니다. 자연스럽게 읽히지 않거나 어색한 부분은 자연스럽게 읽힐 때까지 다듬습니다.

• 사실 관계 확인

사실 관계가 정확하지 않으면 글의 신뢰도에 치명상을 입게 됩니다.

• 쉽게 풀어 쓰기

중학생도 이해할 수 있는 글의 수준으로 쉽게 씁니다. 외래어나 한자어를 되도록 쓰지 않습니다. 쉽게 풀어 쓸 수 있는 문장은 가능한 끝까지 풀어 씁니다.

• 한 문단 내에서 같은 단어나 문장을 반복하지 않습니다. 생략해도 되는 단어는 빼 주고, 필요할 경우는 유의어 사전을 참조해서 바꿔 줍니다.

• 부사나 접속사는 되도록 덜어냅니다. 생략해도 좋은 문장은 과감하게 생략합니다.

• 나만의 색깔이 드러나는 단어와 문장을 사용합니다. 익숙한 단어를

다르게 해석해 보는 거죠. 나만의 단어 사전을 만들어 보세요. 독자들이 계속 기억할 만한 특징적인 표현을 사용해 보세요.

• 되도록 각 문단의 양을 비슷하게 만듭니다. 문단마다의 양이 너무 다르면 가독성이 떨어집니다. 기계적일 필요는 없지만, 적절하게 조정해 봅니다.

• 퇴고를 이어서 계속하지 않습니다. 이 부분도 중요한데요. 내 글을 계속 반복해서 보면 너무 익숙해져서 틀린 부분이 잘 보이지 않습니다. 그래서 공동저서 같은 경우는 보통 한 사람당 대여섯 편의 글만 쓰기에 하루 이틀 걸러 한번씩, 총 세 번의 퇴고를 시킵니다. 그러나 개인저서는 분량이 A4 80~100 페이지가 될 정도로 많지요. 그래서 3-7일 정도의 간격을 두고 여러 번 퇴고하는 것이 좋습니다. 그래야 덜 지치고 내 글을 낯설게 마주할 수 있어요. 최소 한 달 정도 잡고 퇴고하시면 좋습니다. 그러나 여러 번 할수록 더 좋아집니다.

*퇴고 예시는 책표지 안에 책마음 클래스 채널톡을 추가하시면 무료 자료로 받으실 수 있어요.

다시 정리해볼게요. 우선, 이 에세이를 통해서 내가 독자에게 말하고 싶은 한 가지를 한 문장으로 말해 봅니다. 각 문단, 문단의 흐름, 구성을 통해 이것이 분명해질 때까지 계속 만져주고요.

그런 후, 맞춤법 검사기를 돌려서 오타나 띄어쓰기를 고칩니다. 그다음에는 프린트해서, 문장을 소리 내 읽으며 어색한 부분이 없어질 때까지 계속 다듬습니다.

톨스토이 《전쟁과 평화》를 초고를 완성한 뒤에도 무려 7년에 걸쳐 끊임없이 수정했다고 해요. 《노인과 바다》에서 헤밍웨이는 소설의 마지막 문장을 39번이나 다시 썼다고 알려져 있습니다. 그는 불필요한 표현을 삭제하고, 최대한 간결해지도록 핵심적인 단어만 남기는 퇴고 과정을 거듭했습니다.

저도 지금 이 책을 퇴고하는 중인데요. 정말 쉽지 않습니다. 퇴고는 끝이 없거든요. 그러나 언젠가 끝내야 합니다. 작품의 깊이와 완성도를 높이기 위해 최선을 다할 뿐이죠. 글쓰기의 완성은 퇴고입니다.

Simplicity
is living
more lightly

모두에게 글쓰기를 권합니다. 특히 에세이 쓰기를 권합니다. 에세이는 자연인으로 돌아가는 시간입니다. '나'로 온전히 돌아가는 시간입니다. 다른 무엇보다 '나'를 향한 순수한 사랑을 회복하는 시간입니다.

4장

기왕이면 책출간

여러분은 보석입니다

한 달 글쓰기 챌린지 글방을 21개월째 운영 중입니다. 매번 참여 인원은 들쑥날쑥하지만, 60% 이상 재참여하고, 새로운 분들도 매달 조금씩 유입됩니다. 주말을 제외한 평일에 글감을 제공하는데, 매일 글을 쓴다는 것은 사실 쉽지 않습니다. 글감과 관련 에피소드가 많다면 어떤 날은 글이 잘 써지고, 어떤 날은 막막할 수 있습니다.

목요일은 '창의적 글쓰기'라서 조금은 신선한 글감을 드리려고 노력합니다. 한 번은 "지구에 24명만 남는데, 그중에 당신이 해당한다면 어떤 역할을 담당하실 건가요?"라는 글감을 제시했습니다. 이 글감을 제시했던 기수에 참여한 분이 24명이었습니다. 글쓰기를 손에 놓고 계신 분도 몇분 계셨지만, 15분 이상은 매일 쓰고 계셨어요. 보통 일상을 소재로 한 짧은 에세이를 쓰는데, 이런 글감이 부담되지 않을까 하는 마음에 살짝 미안하기도 했지만, 오늘은 '창의적 글쓰기니까.'라며 글방에 글감을 올렸습니다.

그날은 하나하나 꼼꼼히 읽어보았습니다. 대부분 생각지 못한 글을 쓰고 있는 자신을 발견했다고 고백하셨어요. 저 또한 놀랬습니다. 소설 쓰기에 자질이 있는 것은 아닌가 하고요. 이런 글감도 어떤 형태든 소화해 가는 글벗님들을 보며 감탄이 나왔습니다. 우리 안의 창의성, 상상력은 직면해야지만 알게 되는 거 같습니다. 미안함이 쏙 들어갔습니다.

매일 한 문장이라도, 한 문단이라고 꾸준히 쓰라고 이 공간을 열어드렸지만, 처음 글쓰기에 도전한 이도, 이미 책 출간 경험이 있는 이도 매일 쓰기는 사실 쉽지 않습니다.

글벗님들의 삶을 글로 접하며 한 번은 너무 감사한 마음이 들었습니다. 여전히 자신의 글에 의심을 보이고, 내가 과연 글을 쓸 수 있는 사람인가, 책도 낼 수 있는 사람인가라는 회의를 언뜻 보이기도 하지만, 실력보다 더 중요한, 이분들이 애써 살아온 삶이 보였기 때문입니다.

삶의 한 조각을 글로 나눠주신 한 분 한 분의 이야기가 너무 소중하다는 생각이 들었습니다. 그래서 그날따라 이 말을 꼭 전하고 싶었습니다.

“우리 한 사람 한 사람은 너무 소중합니다. 여러분은 보석입니다.”

“이 마음을, 이 믿음을 조금이라도 전하고 싶어서 글쓰기, 책쓰기 과정을 운영하고 있습니다”

“이 세상에 절대 작은 사람도 없고, 작은 삶도 없고, 어떤 성공이든 실패조차도 모두 우리가 껴안아야 삶이기에 가치가 있습니다.”

“그래서 글쓰기나 책쓰기는 누구나 하실 수 있답니다.”

"저는 그 믿음을 드리는 일을 합니다. 왜냐하면 제가 그 과정을 거친 사람이기 때문입니다."라고 말입니다.

이런 내용을 인스타그램에 올리고 관련 이미지를 캡쳐한 사진과 글을 톡방에도 올렸습니다.

"위 내용은 여러분을 향한 저의 마음입니다. 글쓰기에서 중요한 건 자신과 자신이 살아온 삶에 대한 믿음입니다. 저보다도 더 글 잘 쓰시는 분들이 많아요. 그럼에도 제가 글방과 책쓰기 수업을 진행하는 건 이 믿음을 드리려는 것뿐입니다. 평안한 주말 보내세요~~!!"

한 분이 이에 댓글을 다셨습니다.

"선생님 다정한 메세지 감사드립니다. 왠지 용기보다 울컥한 감동이 전해집니다. 바쁘실텐데 휴일날 감동 메세지 감사합니다."

남과 똑같이 길들여져야 할 이유는 없다

책을 여러 권 쓰고, 글쓰기와 책쓰기 클래스도 진행하고 있지만, 늘 저에게 질문합니다. '왜 쓰는가?', '왜 쓰려고 하는가?', '왜 다른 이에게도 써 보라고 하는가?'를 말입니다. 스스로를 계속 동기부여 하는 방법은 '질문'입니다. 답이 한때 주어졌고, 관련된 내용을 책에 담기도 했지만, 인간의 기억과 감정은 늘 변화무쌍하기에 익숙하더라도 새로운 답변이 늘 필요합니다. 그래서 수시로 저에게 질문을 던집니다.

크게 유명하지 않더라도, 앞으로도 유명해지지 않더라도 저는 괜찮습니다. 다만 삶을 진실하게 대면하고 솔직한 글을 쓰고 싶습니다. 이 과정에서의 기쁨을 전하고 싶습니다. 그러나 너무 열심을 내고 몰입하다 보면 가끔 이 사실을 잊을 때가 있더라고요. 잊었다기보다는 흐려졌다고나 할까요. 돈과 성공을 좇는 수많은 SNS 정보 속에서 저 또한 가끔은 그것을 좇아야 하나라는 생각이 들곤 하니깐요. 그래서 비슷하게 흉내라도 내볼까하는 마음에 관련된 책을 읽어보며 동기부여를 얻기도 하지만, 뭔가 심심하더라고요. 열정과 동기부여는 순식간에 일어나지만, 생명의 기쁨이 샘솟지는 않는다고 할까요.

왜 그럴까를 파고들다 보면, 시장에 맞춘 글쓰기는 저와 맞지 않았던 것입니다. 조금 더 빠르게 돈과 성공을 얻을 수는 있겠지만, 그 과정에서 기쁨을 상실하고 무엇보다 '나'라는 존재를 잃어버린다면 무슨 소용이 있을까요?

헨리 데이비드 소로의 책 속 문장들에 잠시 기대봅니다.

남과
똑같이 길들여져야 할
이유는 없다.

자기만의 리듬에 맞춰
걷는 게 중요하다.
남의 걸음에 맞추려다 보니
쉬이 걸려 넘어지는 것이다.

'다들'이라는 말에
현혹되어서는 안 된다.

'다들'은 어디에도
존재하지 않는다.
누구나 하는 것처럼 해서는
결코 아무것도
이루지 못한다.

나는 순종하는 사회의 구성원이 되기 전에 우리에게 젊음과 건강한 일탈을 실컷 할 거친 성정이 있음에 기뻐한다. 모든 사람이 지금의 문명 사회에 딱 맞는 것은 아니다. 대다수 사람은 부모에게 물려받은 기질 때문에 개나 양처럼 길들여진다. 그렇다고 나머지 사람마저 그렇게 본성까지 길들여져 똑같이 되어야 할 이유는 없다.

왜 그토록 성공하려고 기를 쓰는가? 왜 죽을힘을 다해 사업에 뛰어드는가? 느릿느릿하게 박자를 세더라도, 저 멀리서 들릴락 말락 가까스로 들리더라도 자신의 리듬으로만 걸으면 된다. 사과나무나 참나무같이 하루빨리 제 몫을 하려고 애쓰지 않아도 된다. 아직 봄이 오지 않았는데 서둘러 여름을 준비할 필요는 없다.

2년간 숲 생활을 실험했던 소로는 다시 도시 문명으로 돌아옵니다. 그의 실험은 지금도 많은 이들에게 영향을 주고 있지만, 그 이후, 그의 삶에도 중요한 푯대가 되었을 것입니다. 작은 오두막집에 살며, 자연과 깊이 교감하고, 자신을 만났던 시간, 진짜 자기 생각이 무엇인지를 철저히 파고 들고 확인했던 시간이었을 거예요.

요즘에는 1년 휴직을 하거나, 아예 은퇴하고 멀리 여행을 떠나는 이들을 많이 봅니다. 자기를 찾고자 몇 개월 산티아고 순례길을 걷는 이도 많습니다. 그러나 그러한 시간을 내는 일은 많은 시간과 돈, 용기를 필요로 하고, 인생 비전과 함께 그에 맞는 라이프 스타일을 재구성해야 합니다.

에세이를 쓰는 시간은 바쁜 일상의 틈을 비집고 나와, 자기만의 통나무집에 거하는 시간입니다. 자기를 찾기 위해 꼭 멀리 가지 않아도 됩니다. 틈틈이 우리는 속도를 멈추고, '나'에게 온전히 머물러 봅니다. 책을 읽다가, 차 한잔 마시다가 오늘 하루 내게 흘러 들어온 다양한 사람, 사물, 사건, 문장들을 떠올려 보면서요. 그중에서 내 내면의 물결을 흩트리는 형상을 중심으로 글을 적어봅니다. 그것이 유독 왜 나에게 남아 있는지, 내 마음을 흔드는지 질문하다 보면, 나만의 답이 천천히 수면 위에 떠오릅니다.

소로가 말했던 것처럼 '나'를 쓰는 시간은, 남에게 길들였던 것에서 벗어나 '건강한 일탈'을 하는 시간이요, '나'를 찾는 시간이요. 자기만의 리듬을 찾는 시간이거든요. 이 여정이 꼭 쉽지만은 않습니다. 교육이라는 것, 우리 몸에 오랜 시간 타인으로부터 새겨진 길들여짐이 때론 나만의 색과 개성을 많이 지워갔으니깐요.

함께 책을 쓴다는 것

자신이 쓴 글을 지지해 줄 사람이 한두 명이라도 있으면 계속 쓸 힘이 생깁니다. 글쓰기 클래스에 참여해 글을 쓸수밖에 없는 환경을 만들어보고, 또 자신의 글을 다른 이에게 보여주면서 다른 관점도 얻어보세요. _최인아

또 하나의 공동 저자 에세이 책 출간이 끝났습니다. 온라인 서점에 올라온 책을 확인하고 단톡방에 링크를 올렸습니다. 이어서 에세이를 쓴 작가들의 답변이 올라옵니다.

"너무 설레어요."
"우와아 드디어 책이 나왔군요~~! 너무너무 신기하고 얼떨떨해요. 받아 보면 더 그렇겠지요? 작가님 책 작업으로 정말 수고 많으셨어요. 그리고 이 기쁨 함께 할 공저 작가님들이 있어

서 너무 좋아요."

"방금 yes 24에서 한 권 주문했어요~ 어서 받아 보고 싶기도 하고, 다른 책처럼 구매해서 받아 보는 느낌도 가져 보고픈 마음에…."

"출근해서 기분이 별로였는데 갑자기 기분이 좋아졌어요."

자신이 쓴 글이 책으로 만들어져 온라인 서점에 올라온 것을 보고 모두 신기해합니다. 가을 초입에 시작한 클래스반이었습니다. 중간에 추석이 껴 있어서, 조금 늦어졌지만, 한 달 동안 집중해서 글을 쓰고, 퇴고했습니다.

첫 모임 때 분위기가 생각납니다. 이 프로젝트에 발을 들여놓긴 했지만, 내가 잘 쓸 수 있을까라는 자신을 향한 의심을 내려놓지 못하는 이, 준비되었다는 듯이 글을 쏟아 놓는 이, 직장인 루틴의 틈을 비집고 시간과 용기를 내 참여한 이도 있었습니다.

각자 어떤 상황이든 마감이 주어지고, 함께하는 글벗이 있는 한 포기란 없습니다. 저마다의 루틴은 다르지만, 각자 조용했던 일상에 '책쓰기'라는 미션이 주어졌기에 이를 완수하고자 각자의 시간에 몰입합니다. 다른 공저팀에서 함께 책을 썼던 한 저자는 개인 저서였더라면 수천만 원을 내었더라도 혼자서는 완수하지 못했을 텐데 공저이기에 민폐를 끼치기 싫어서 끝까지 임무를 완수했다고 고백합니다.

반면, 지금 개인 저서 책쓰기 코칭을 받고, 원고를 쓰고 있는 예비 작가는 이번 주 목표대로 원고를 못 썼다고 네이버 카페에 글을 올렸습니다

다. 혼자 잘 쓰는 분도 있지만, '함께'의 동력이 필요한 분들이 더 많습니다. 이렇게 '함께'의 힘은 대단합니다.

공저는 보통 '에세이'로 주로 작업하는데요. 에세이는 나의 이야기를 소재로 하기에 특별한 자료 조사가 필요 없습니다. 나만이 길어낼 수 있는 이야기, 꼭 쓰고 싶은 이야기, 누군가에게 들려주고 싶은 이야기가 우리 모두에겐 있습니다. 그렇게 간택당한 이야기 소재들은 쓰기로 결심하면, 기다렸다는 듯이 어느 순간 글로 전시됩니다.

작가들은 온라인 서점에 올라온 책을 확인한 후, 저자 증정용으로 제공되는 종이책을 곧 손에 받아 봅니다. 그 전에 온라인 서점에서 자신이 쓴 책을 주문해서 받아 보는 작가들도 있습니다. 저 또한 한 권은 구매해 보라고 가끔은 권합니다. 독자로서 책을 구매해 보는 것과 저자로서 자기가 쓴 책을 직접 구매해 받아 보는 경험은 또 다른 특별한 기쁨이고, 자신을 향한 선물이 되니깐요.

글을 쓰고, 퇴고하고 어느새 출간까지 되어 있는 책을 보며, 처음 책을 출간해 보는 이들에게는 이 모든 과정이 신기합니다. 저 또한 첫 책을 쓰고 그것이 내 손에 물성 있는 물건으로 주어졌을 때의 그 감동과 기쁨이 여전히 생생합니다.

전자책과 오디오 시장이 늘어나고, 많은 이가 손쉽게 전자책을 읽고 쓰지만, 종이책이 사라질까요? 한 도서관에서 진행한 토론에서 이 주제에 관한 논제가 있었습니다. '앞으로 종이책이 전자책으로 대체될까?'에 대한 의견은 반반이 나올 정도로 팽팽했지만, 대체되어 간다고 해도, 종이책이 사라지지 않을 것 같습니다. 아니 '사라지지 않았으면 한다.'가 더 정확한 표현이겠네요. 내 삶을 풍요롭게 하는 이야기와 문장, 그에 걸맞게 만들어진 디자인과 편집, 저마다 다른 종이 질감과 풍기는 분위기는 그저 눈으로 텍스트만 읽었을 때와 다른 감각과 행복을 가져다주니깐요.

인간은 정신적인 존재이지만 그 정신을 담는 '몸' 또한 매우 중요합니다. 채정호 교수의 《진정한 행복의 7가지 조건》에서 행복의 여섯 번째 조건을 '몸'이라 말합니다. 디지털 가상 영역이 넓어질수록, 인간은 그 결핍감을 채우고자 몸으로 만나는 감각을 더욱 찾을 것입니다.

한 달간의 에세이 쓰기와 퇴고 후, 책이 만들어지는 시간 동안 예비 작가님들은 각자의 시간을 보냈습니다. 몇 가지 전달 사항도 있었고, 이 과정을 어떻게 경험했는지 듣기 위해 온라인으로 마지막 모임을 했습니다.

"온라인 줌, 네이버 카페에서만 글을 쓰고 나서 책이 나온 게 신기해요. 함께하는 분들의 합이 맞았고 모두가 마감에 맞추어서 잘 마무리하는 과정이 모두 신기하고 감사해요."

"두 번째 에세이 공동 출판 참여인데, 함께 글을 쓰면서 또 한 번 성장한 느낌이었어요."

"글만 쓰고 나머지는 진행하는 작가님께 맡겨 놓은 듯한 느낌에, 마지막에 이래도 되나 하는 무거운 마음도 들었어요. 저에게는 기적 같은 경험이었어요. 참여한 작가님들의 합이 너무 좋았다는 생각이 들었는데, 나중에 다른 분들의 글을 읽으면서 왜 합이 좋았는지 알게 되었어요. 함께 쓴 글을 읽으니 더 감동적이었어요. 여러분들의 배려 덕분에 쉽게 쓸 수 있었고, 지인들에게도 '책 한번 써 봐라!'라고 추천하고 싶어요. 혼자 조금씩 글을 써 왔지만, 책을 출간한다는 마음으로 글을 쓰니, 글을 쓴 전과 후가 달라졌어요."

"공저 1기부터 진행 과정을 지켜보다가 이번 6기 팀 들어오길 잘했다는 생각이 들었어요. 다른 작가님들의 글을 보며 친해져야지 하는 생각도 들었고, 모두 글도 잘 쓰시고, 감동받았어요. 누군가 내 글을 첨삭해주는 사람이 있어서 좋다는 생각도 들었어요."

"이번에 열 분이 함께 글을 썼는데, 각자 성향도 다를 텐데 물 흐르듯이 이 과정이 잘 마무리될 수 있었던 것에 감사해요. 책 한 권 나오기가 쉽지 않은데, 제목도 책도 모두 마음에 듭니다. 여성들의 애환을 녹여낸 글이라 더욱 애틋합니다. 이 과정이 신기하고 새로운 경험이었어요.

"원래 글을 꾸준히 써 왔던 사람이 아닌데, 이번 기회가 아니면 공저 참여가 힘들 거 같아 참여했어요. 개인 사정까지 생겨 온전히 집중하지 못했는데, 막상 책이 나온다고 하니 부끄럽기도 하네요. 그래도 '올해 뭔가 하나 해 냈구나.', '작품 하나가 손에 쥐어졌구나!'라는 하는 생각에 뿌듯합니다."

"원고는 일부구나! 책 한 권 만드는 것에는 많은 손이 필요하구나! 라는 생각이 들었어요. 제목처럼 여러 작가의 단단해지는 과정을 잘 담아낸 거 같아서 좋았어요."

"제 글은 부끄럽지만, 다른 분의 읽기와 쓰기에 관한 성장 이야기를 읽으며, 이 책은 추천해도 되겠다는 생각이 들었어요. 그래서 열심히 추천해 보려고요. 4050 세대 타깃으로 열심히 책을 알릴게요. 올해에 제일 잘한 일이 '책 출간' 한 것으로 기억에 남을 것 같아요."

"오늘 온라인 서점에 책이 올라온 것을 보고 매우 신기했어요. 첫 책이라 부끄럽기도 하지만, 지인들에게 소개했어요. 퇴고하는 시기에 제 글이 눈에 안 들어올 때여서 걱정이 들기도 했고, 막상 책이 나오니 민낯을 드러내는 거 같은 부끄러움이 생겼지만, 책출간 과정을 경험하며 신기할 뿐입니다."

그리고 이어지는 몇몇 분의 후기들도 적어봅니다.

"6기 참여자입니다. 제목처럼 매일 책을 읽고 글을 쓰면서 단단해지려고 무던히 노력했습니다. 아직도 세상의 작은 비난과 무관심과 무시에 금방 흔들리는 나약한 저를 발견하면서 아직도 멀었구나 하는 생각에 조금 슬프지만… 언젠가는 외부의 센 공격에도 타인의 잣대에 휘둘리지 말고 내가 먼저 나를 믿어주고 괜찮다고 말해주고, "그래 덤벼봐, 난 아무렇지 않아. 또 실수하면 어때, 맨날 완벽할 순 없잖아!"하고 배짱으로 하하 웃을 수 있는 내공, 단단함이 생길 수 있기를 바라봅니다. 책을 통해, 글쓰기를 통해, 신앙을 통해 매일 더욱더 단단해지길 바라봅니다."

"공저클래스 6기에 참여하며 스스로에게는 저의 성장 과정을 글로 써내려가고 책의 한 챕터로 엮어보는 좋은 기회였어요. 저의 지난 시간이 소중한 이야기로 기록되었네요. 책 구성부터 원고 쓰기, 퇴고, 작가소개, 디자인, 그리고 홍보까지 한 권의 책이 만들어지는 일련의 과정을 따라

가며 경험해 볼 수 있어 정말 좋았어요. 책에 들어가는 많은 정성의 손길들도 알게 되었고요."

"이 모든 게 차근차근 이끌어주신 변은혜 작가님 덕분입니다. 정말 감사드려요. 그리고 이번 6기에 함께 하신 작가님들~ 덕분에 정말 든든했어요. 함께 책에 실려 기쁘고 영광입니다. 공저클래스 참여하길 정말 잘했어요!"

"공저 6기 참여자입니다. 올해 결심한 일 중 제일 잘한 일이 이 프로그램에 참여한 거예요. 변은혜 작가님이 잘 리드해 주신 덕분에 제 생애 첫 출판 경험을 하게 되었어요. 할까 말까 하시는 분들, 하세요! 진짜 뿌듯할 거예요!"

* 모든 내용은 거의 그대로 옮겼습니다.

오늘 새벽에는 정여울 작가의 신간 《오늘 나를 위한 미술관》이라는 책을 함께 독서하는 분들에게 소개해 드렸습니다. 작가는 서문에서 미술사에서 유명한 그림이 아니라 내 심장을 뚫게 한 그림 50점을 소개하겠다고 말했습니다. 그리고 누구누구의 해석이 아닌, 철저히 자기 생각과 느낌을 좇아서 자기만의 언어로 번역하려고 노력했다고 밝혔습니다. 그림에 대한 그녀의 해석이 미술사의 해석과 일치하는지는 모르겠지만, 그녀의 글과 그림에 관한 생각에서 오롯이 어떤 억압과 압박을 떠나 오롯이 '나'로 서고자 하는 뚝심을 엿볼 수 있었습니다.

저는 새벽 독서 모임에 나오는 분들에게 다음과 같이 전했습니다.

"처음 책을 출간하시는 분들은 막상 책이 나오면 부끄러움부터 느껴요. 저 또한 그랬어요."

"책 썼다고 자랑하고 싶은 마음과 '가족과 지인이 보면 어쩌지?', '가까운 사람만은 보지 않았으면 좋겠어.'라는 이중적인 마음을 맞닥트려요."

"근데 계속 글을 써 가다 보면 그런 생각이 들어요. 글쓰기는 '자유'이고 '해방'이구나. 우리는 너무나 눈치 보며 살아왔어요. 끊임없는 자기 검열이 그것을 말해주지요. 이제 정여울 작가처럼 눈치 보지 말고 나만의 글을 써 가 봐요."

이 책을 쓰고 있는 시점, 1년 반 만에 공동 저자 에세이 출판으로 아홉 번째 책을 마무리했습니다. 60여 분이 참여하셨고요. 이 책을 퇴고 중인 지금은 10기를 진행하고 있습니다. 그런데 10기는 열 분 중, 여섯 분이 재수강하는 분들입니다. 원래 새로운 분들에게 혜택을 드리고 싶어, 특가로 진행했는데 말이죠. 그러면서 생각했습니다. 읽는 사람은 계속 읽고, 쓰는 사람은 계속 쓴다는 사실을 말이에요. 한 번 써 본 사람은 어떻게든 또 쓸 궁리를 하거든요.

글쓰기와 책쓰기의 매력을 느껴 저만의 공간을 겁도 없이 내어 드렸습니다. 예비 작가들은 소정의 비용을 내고 이 과정에 참여했지만, 타인의 이야기가 아닌 자기만의 이야기에 잠시 집중해 봄으로 주어진 생을 더욱 소중히 여기는 시간을 가졌습니다. 혼자 쓰기에서 함께 쓰며, 글로 소통하는 기쁨을 잠시 누렸습니다. 사적인 글쓰기에서 공적인 글쓰기로 나뿐만 아니라 누군가에게도 의미 있는 문장을 길어내는 쓰는 이로서의 무게감과 책임감을 조금이나마 경험했습니다. 글쓰기 실력이 한 단계 성장해, 이 경험을 발판 삼아 이후의 여정에도 계속 쓰는 사람으로 살아가기를 바랍니다.

책 출간으로 끝이 아닙니다. 북토크나 저자 특강을 통해서 독자와의 만남도 필요하고, 각자의 자리에서 책을 알리는 홍보도 계속 이어져야 합니다. 이 또한 책을 쓴 작가의 의무입니다. 이어지는 오프라인 출간기념회에서는 온라인을 벗어나 몸으로 다시 만납니다. 저자들끼리 서로의 소장용 책에 사인을 남겨 기념하고, 그동안의 글 경험을 나누며, 이후 서로의 삶에 응원을 보냅니다. 플래카드와 꽃다발, 축하 케이크, 맛난 음식을 배경으로 한 사진을 추억으로 남기고, 홍보용으로 활용합니다.

혼자만의 출판이 아니라 함께 출판하는 과정이 쉽지만은 않았습니다. 글쓰기 교육뿐 아니라 책 한 권을 만들어 내고 유통하는 과정은 작고 디테일한 많은 일이 필요하거든요. 글쓰기뿐 아니라 출판 과정을 경험하며 저 또한 한 뼘 성장해 갔습니다. 출판 시장이 어렵다고 하고, 사회는 더욱 각박해지지만 읽고 쓰며 부단히 자신을 수련해 가는 이들이 있다면 조금이라도 자신과 사회에 한 줄기 빛을 보태는 일이 되지 않을까 희망하며 말입니다.

1인 출판인의 기쁨과 슬픔

퇴직 후 6개월 만에 마음에만 품고 있던 책 한 권을 출간했습니다. 그 성취감과 기쁨은 상당히 컸습니다. 책 한 권 썼다고 큰일이 일어나지는 않았지만, 글을 쓰는 과정에서 나 자신에게만 몰입했던 시간, 오랫동안 제가 좋아했던 주제를 집중해서 정리한 시간, 제 머릿속에 떠다녔던 정보와 스토리가 융합되어 한 편의 글로 만들어지는 신기한 체험, 책이라는 상품이 눈에 보이는 형태로 제 손에 쥐어진 감각은 책 판매 여부를 떠나 그 자체로 충분한 보상과 기쁨을 안겨다 주었습니다.

30여 년 가까이 책과 가까이 지냈습니다. 많이 읽고 적게 읽고를 떠나, 대학생들과 책 모임을 하며 책을 읽혀야 했고, 강의를 위해 저도 읽어야 했습니다. 독서가 제 일이기도 했습니다. 이것이 저에게 주어진 외부 환경설정이었다면. 내면의 간절한 필요 때문에 책을 읽기도 했습니다. 사람이 그립고, 마땅히 의논할 상대가 없을 때마다 책으로 달려갔습니다. 책은 늘 단정한 자세로 저를 맞이해 주었고, 한 치의 요동 없이 저를 위로하고, 질책도 했습니다.

책이 책을 낳나 봅니다. 어느 날 쓰고 싶은 욕망이 올라왔고, “어떤 사람이 책을 쓸까? 나같이 평범한 사람도 쓸 수 있을까?”라는 자기 의심과 한창 싸우고 있을 때, 한 사람의 말이 저에게 자그마한 희망을 안겨 주었습니다. 토론 모임에서 알게 된 한 출판사 편집자였습니다. “결국 읽는 사람이 책도 쓰더라고요.” 순간 ‘그렇다면 나도 쓸 수 있지 않을까?’라는 작은 희망이 생겼습니다

그렇게 용기 내서 쓴 첫 책은 그동안의 간절한 마음이 폭발하여 10일 만에 초고를 완성할 수 있었고, 3개월 만에 제 손안에 놓여 있었습니다. 디자인도 편집도 아주 마음에 들지는 않았지만, 출간 자체의 신기함에 마냥 기쁨을 누리는 시간이었습니다. 책 쓰는 방법을 안다고 책을 쓸 수 있는 건 아니었습니다. 수 권의 독서로 책 쓰기 방법은 제 머릿속에 가득 들어있었지만, 모든 인생의 원리가 그렇듯이 이론과 실전은 다릅니다. 수개월 동안 한 권의 책을 마무리하는 몸으로서의 글 노동 경험이 합쳐져야 온전히 내 것이 되니깐요.

창작의 기쁨

제 경험을 다른 이들도 경험하게 해 주고 싶어 어느 날 무작정 책쓰기

클래스 과정을 열었습니다. 에세이 공동 출판 프로젝트와 개인 저서 코칭 과정을요. 그때 저는 개인 저서 한 권, 공저 여러 권을 출간해 본 초보 작가였지만, 이런 저를 믿고 클래스를 신청할 사람이 있을까? 하는 걱정과 염려가 이상하게도 그때는 없었습니다. 그저 가슴을 쫓아 제 경험을 나누고 싶은 마음만 가득했습니다. 적은 참가 비용 때문인지, 저를 믿어 주셔서인지 공동저서의 적은 원고 분량 때문인지 연말임에도 여덟 분의 예비 저자들이 한자리에 모였습니다. 지금 생각해 보면 겁이 없었다는 생각이 들었지만, 그렇게 공동 저자 1기, 2기, 3기, 이 책을 쓰고 있는 시점에는 9기까지 아홉 권의 책이 1년 반 만에 출간되었습니다.

보통의 공동 저자 에세이 책 출간일 경우는 인쇄와 유통 비용을 줄이고자 POD 방식으로 많이 출간합니다. 구매되는 만큼만 인쇄하기에 재고나 판매에 대한 부담이 없습니다. 그로 인해 환경 걱정도 없습니다. 이를 대행해 주는 곳이 많기에 누구나 쉽게 출간할 수 있습니다. 그러나 이런 플랫폼이 여기저기 생겨나기에, 검증 없는 출간은 벽이 낮은 만큼 브랜딩에는 도움이 안 될 수 있습니다. 또한 당일 배송이 안 되기에 독자에게 불편함이 있고, 도서관 입고가 대부분 안 되기에 홍보와 확장성에 있어 한계가 있습니다.

늘 책을 붙들고 살다 보니, 어느 날부터 책이라는 물건 자체에 관심이 생겼습니다. 1인 출판사 등록이 생각보다 어렵지 않음도 알고 있었고, 지인이 권하기도 했지만, 그동안 마땅히 할 이유를 찾지 못하고 있었습니다. 공동 저자 과정을 열 때까지도 그랬습니다. 그러나 독자나 고객의 문제 해결이 비즈니스가 되는 것처럼, 공동 저자 1기에 참여했던 한 분이

"대표님! 이왕 책 내는 거 누구나 출간 가능한 POD 플랫폼이 아니라, 출판사 이름으로 저희 책 출간하는 건 어때요?"라고 제안하셨습니다. 사실 서류는 이미 준비되어 있었기에 어려운 문제는 아니었습니다. 고객의 질문은 아무 생각 없었던 저를 두드렸고 저 또한 안 할 이유도 없었기에 그다음 날 바로 출판사 등록을 해 버렸습니다. 그렇게 현재 출판사 이름으로 된 첫 책 출간이 이루어졌습니다.

제 책을 출간하는 것도 기쁘지만, 책을 기획하고, 각 개인의 이야기들을 글로 탄생해 가는 과정을 끌어내는 기쁨은 대단했습니다. 거기서 머물지 않고, 제가 디자인하고 편집한 책이 인쇄되고, 온, 오프라인 서점에 유통되어 손으로 받아보는 과정은 작가로서 책 한 권을 출간한 기쁨 못지않았습니다. 책이라는 상품을 만들어 내는 것 또한 창작의 과정이기에 또 다른 종류의 희열을 안겨 주었거든요.

《트렌드의 배신》의 저자 이호건은 트렌드 중 하나인 N잡러의 삶을 인문학적으로 비판하며 노동의 총체성을 언급합니다. 노동의 총체성이란 "노동에 참여한 사람이 최종 생산물(결과물)을 만드는 데 처음부터 끝까지 얼마나 깊이 관여했는지"를 뜻합니다. 자신이 투여한 노동력과 그것을 통해 생산한 최종 결과물 사이에서 어떤 연관성이나 관계를 찾지 못하면 노동의 진정한 의미를 얻을 수 없다는 것이지요.

찰리 채플린이 출연한 영화 〈모던 타임즈〉를 보면, 주인공 찰리는 자신이 최종적으로 뭘 만드는지 알지도 못한 채 하루 종일 나사못 조이는 일만 반복합니다. 이는 노동 총체성이 낮은 일입니다. 반면 시골 대장장이는 호미 하나를 만들기 위해 시간과 에너지를 많이 투입해야 하는 힘든 일을 하지만, 생산 전 과정에 참여합니다. 이는 노동 총체성이 높은 일에 속합니다.

아직은 책을 만들 때, 제가 감당할 정도의 분량만 작업하고 있지만, 교육부터 출간까지 전 과정을 돕는 1인 출판인의 삶은 작가와는 또 다른 노동 총체성이 주는 기쁨을 가져다주더라고요.

현대인이 완전한 노동 총체성을 누리기 쉽지 않습니다. 자본주의 세상에 사는 대부분은 아마 노동 총체성이 낮은 일, 부분적인 일에 참여하고 있을 것입니다. 농부는 하나의 음식 재료를 만들어 내기까지 생산 전 과정에 참여하지만, 그것이 소비자의 입에 오르기까지는 유통과 마케팅을 도와주는 누군가와 협력합니다. 이것이 효율적이고 합리적일 수 있습니다. 우리는 최대한 노동 총체성을 확보하되 시간과 에너지는 유한하기에 일정 부분은 자기 한계를 인정하고 다른 이의 도움과 협력을 요구할 필요가 있는 거죠.

대부분은 자기 입에 들어가는 먹음직스러운 음식이 만들어진 과정을 잘 생각하지 않습니다. 그러나 거기에는 오랜 시간 땀 흘려 일한 농부, 그것을 유통하기까지 많은 이의 수고가 담겨 있습니다. 또 그것을 자기만의 창의적인 레시피로 시간과 정성, 에너지를 들여 만들어야만 먹음직스러운 음식 하나가 탄생합니다.

책 출간도 작가 혼자 할 수 없습니다. 글쓰기는 작가 혼자 할 수 있지만 출간을 결심한 즉시 1인이든 독립 출판이든 기성 출판을 통해서든, 책이 만들어지고 독자에게 손이 가닿기까지 디자인, 편집, 유통, 인쇄, 마케팅 등 많은 이와의 협업이 필요합니다.

원치 않는 일은 언제나 일어날 수 있다

공동 저서 다섯 번째 책이 출간되자마자 베스트 셀러에 올랐고, 함께한 작가들이 기쁨을 나누고 있었습니다. 첫 책은 보통 가족과 지인들의 응원 속에 책 구매가 빠르게 이루어집니다. 그런데 갑자기 단톡방에 인쇄가 이상하다는 피드백들이 올라오기 시작했습니다. 책 출판 기획 코칭과 교육, 디자인, 편집까지는 제가 작업하고 있지만, 교육 쪽에 더 관심 있는 저는 유통과 인쇄는 다른 곳에 외주를 줍니다. 그동안 몇 권 책 출간 과정에서 아무런 문제가 없었기에 답답하기만 했습니다. 이때 저와 저자들은 저자용 구매 도서를 기다리고 있는 중이라 아직 종이책을 받아보지 못한 상황이었습니다. 외주를 준 업체와 글과 전화로 소통했지만, 그쪽에서 소장한 책은 아무 문제가 없다는 답변만 왔습니다.

베스트셀러 소식에 질투라도 하듯이 '이미 독자에게 배송은 시작했는데 모든 책 인쇄가 문제가 있는 건가'라는 생각에 모두 당황스러움과 걱정에 빠져들었습니다. 하루 이틀 뒤에서야 저와 모든 저자도 책을 받아보았는데, 증정과 저자 구매용으로 받은 책만이 대부분 문제가 있음을 확인했습니다. 어떻게든 문제는 해결되었지만, 하루 동안에 지옥과 천국을 오갔습니다. 인쇄소가 잘못한 일일지라도, 출판사 대표로 책임은 제게 있습니다. 여러 사람의 손길이 필요한 일이기에, 제가 통제할 수 없는 일이 터진 겁니다. 기쁨으로 시작한 일이 갑자기 큰 무게감으로 다가오며 여러 가지 걱정과 고민이 들었습니다.

"교육만 해야 하나?"
"교육만 하고, 이제는 내 글만 쓸까?"
"큰 수익을 누리는 것도 아닌데 출판은 이제 내려놓을까?"
"이런 예기치 않는 일이 발생한다면, 굳이 힘들게 출판까지 도와야 하나?"

처음에는 일터를 벗어나 1인으로 일하는 것이 좋았습니다. '자유'라는 단어를 사랑하는 만큼 독립적으로 일할 수 있는 지금의 라이프 스타일이 좋았습니다. 조직에 얽매이지 않기에 언제든 툴툴 털고 떠날 수도 있고요. 그러나 자본주의 시스템에서 영원한 1인은 없다는 것을 계속 깨닫습니다. 1인으로 일하더라도 느슨하지만, 모두가 연결되어 있습니다. 서로의 기술을 적절한 가격에 교환하며 함께 원하는 상품과 서비스를 만들어 갑니다. 그중에 누구 한 사람의 실수나 기계에 문제가 발생하면 모든 것이 조금씩 어긋납니다.

원고 완성도 물론 쉽지 않습니다. 현재 개인 저서 코칭 중인데, 책 기획 방향, 제목과 목차까지 완성했지만, 원고 완성은 이제 자기와의 또 다른 싸움입니다. 각 예비 저자 안에 모든 콘텐츠가 있지만, 그것을 적절한 단어로 정리하기는 쉽지 않습니다. 완성도를 높이고, 책이라는 물건을 만들어 내기까지는 교정 교열, 디자인, 편집, 유통, 인쇄, 마케팅까지 많은 이의 도움을 받아야 합니다. 이 중 하나라도 어긋나면 사고가 발생합니다.

지난 한 해 동안 정신없이 강의하고 글을 쓰게 하고, 출간 작업을 하며 이 과정을 깊이 생각해 보지 못했습니다. 그러나 이 사건을 계기로 책 한 권을 만들기까지의 전 과정을 다시금 생각하게 되었습니다. 하나가 어긋나면 모든 사람이 영향을 받습니다. 영향을 받는다는 의미는 어떤 형태의 손해이든 고통이든 불편함을 경험한다는 뜻입니다. 모두가 각자의 자리에서 성실하게 일을 완수하면 반대로 모든 사람이 선한 영향을 받습니다. 어떤 형태의 행복이든 기쁨이든, 위로와 치유를 얻습니다.

다행히 우리 책을 확인한 인쇄소 측은 파본임을 결정하고, 모두 배상해 주기로 했지만, 이 과정에서 다시 점검하며 배우는 시간이 되었습니다. 저도, 누군가도, 자신에게 주어진 일을 온전히 감당해 내지 못하면, 또 다른 누군가가 일시적으로나마 피해 볼 수 있다는 것을요. 때론 기계가 말썽을 일으키기도 합니다. 성실히 돌아가는 기계 또한 완벽할 순 없으니깐요. 누구도 원치 않지만, 사람이든 기계이든 어디선가 문제가 발생할 수 있음이 인생입니다. 당연한 일로 이루어졌던 모든 일을 당연하게 여겼던 것에 반성하게 되었고, 순조롭게 이루어지는 일에 대해서도 감사하게 되었습니다.

걱정과 스트레스, 온갖 상념에 빠져들었던 하루였지만, 제 업의 책임감과 무게감, 이와 엮여 있는 저자뿐 아니라 우리의 책을 상품화하는 데 협력하는 이들의 수고에 대해 새삼 생각해 보게 되었습니다. “인쇄소를 바꾸면 안 되냐?” 등 여러 피드백이 수시로 톡방에 올라와 이 또한 스트레스가 되기도 했지만, 다시 생각해 보니 이 또한 배우는 시간이었습니다. 제 기준과 입장에서는 아무렇지 않은 부분이 다른 이의 입장에서는 큰 문제가 될 수도 있음도 알게 되었습니다. 책을 두고 이렇게 다양하게 반응할 수 있구나를 보며 독자 입장에서 생각해 보는 간접 경험이었습니다. 제가 일하는 방식, 일의 무게, 가치, 소통, 속도, 컨디션 등 여러 가지를 되돌아볼 수 있는 시간이었습니다.

한편으로 저는 단호했습니다. "인간도 기계도 실수할 수 있다. 그러나 한 번의 실수로 내친다면 우리 인생이 너무 불행하다.", "내가 조금 손해 보자.", "왜 하필 나에게 이런 일이?라는 관점보다, 어차피 닥친 일이라면 이를 통해 우리 모두 배울 점은 없을까?" 저만의 생각을 저자들과 나누었습니다. 저 또한 언제든 실수할 수 있는 사람입니다. 물론 성찰도 반성도 없는 개인과 기업은 언제든 저도 멀리할 것입니다. 저는 이번 책에 대한 책임자로서의 죄송한 마음과 이에 관해 제 생각이 담긴 긴 장문의 내용을 저자 톡방에 남겼습니다.

"저자는 늘어나는데 독자가 줄어들고 있는 출판 시장을 볼 때, 출판 일을 하는 모든 분을 응원하고 싶습니다. 그들이 없었으면 지금의 저도 없습니다. 생존을 위해서든 책이 좋아서 이 업을 시작했든 이 일을 하는 분들을 존중하고 싶습니다. 이후 관련 업체는 출간 예정인 다른 책에 대한 검수를 더욱 꼼꼼히 해주셨습니다. 저 또한 좀 더 여러 번 책을 살피게 되었습니다. 그렇게 우리 모두 성장해 갑니다. 언제까지 이 일을 하게 될지는 모르겠습니다. 종이책이 여전히 읽히고, 책에 대한 설렘과 열정이 살아 있고, 책을 만들 에너지와 체력이 여전히 주어진다면 각 사람 속에 있는 이야기를 길어내고, 그 이야기를 전하는 이 일을 계속하고 싶습니다. 모든 책이 베스트셀러가 되지 않더라고 저자에게 또 누군가에게는 의미가 있는 읽고 쓰는 이 일을 해가고 싶습니다. 그러나 이런 출판 사고는 한 번으로 족합니다."

등산과 글쓰기 1

걸은 거리 : 20km

걸은 시간 : 310분 (5시간 10분)

만보기 : 34545

지난 주말 걸은 거리와 시간입니다. 세 번째 책 출간 후, 한 달에 한 번 등산을 시작했습니다. 꾸준히 읽고 쓰려면 체력은 기본이기 때문입니다. 지역 밴드 산악회에 가입해, 일정이 허락하면 무작정 신청했습니다. 첫 등산이 하필이면 영하 13도 날씨입니다. 두 번째 등산은 비, 바람 맞으며 완주했습니다, 초보 등산치고 쉽지 않았지만, 끝까지 완주했습니다. 세 번째는 무작정 신청하고 보니 '30km'라고 적혀 있습니다. 그 전 산은 19km, 16km 거리였는데 초보이니 영 거리에 대한 감, 제 체력에 대한 감이 없습니다.

알고 보니 여수 돌산 종주였는데요. 전날 밤 10시에 출발해서 새벽 3시부터 등산을 시작했습니다. 등산하는 사람은 부지런해야 하더라고요. 캄캄한 새벽에 랜턴 켜고 하는 등산은 처음입니다.

밤 산행 30km라는 거리라는 말에 혼미해지고, 겁을 먹어 취소할까도 고민했는데요. 다행히 예전 동아리 선배 언니가 참여해서 의지하며 걸어보기로 했습니다. 알고 보니, 반만 걷는 하프 코스가 있어서, 욕심을 덜어내고 하프로 참여하기로 했습니다.

걸으면서 앞뒤에 함께 걷는 사람들과 간혹 말을 섞게 됩니다. 매번 걸을 때마다 만나는 사람이 다릅니다. 한 남성분은 중간중간 작은 농담으로 우리의 거친 호흡과 조급한 발걸음에 쉼과 여유를 보태고 있었습니다. 처음에는 그냥 '재밌는 분이시네!'라고만 생각만 했는데, 나중에 보니 지역 국제 걷기 연맹을 세우는데 거의 원조 격인 분이셨습니다. 알고 보니 원주는 작은 도시지만, '국제걷기'로 유명한 도시였습니다. 원주가 고향이고, 오래 살아왔지만, 몰랐습니다. 뇌과학 원리를 보면, 인간은 자기가 관심 것만 눈에 보이니까요.

그분은 계속 "천천히 걸으세요.", "여기는 경치가 좋으니 5분 쉬어 가며, 기를 받고 가세요." 등으로 말을 보탭니다. 나중에는 걷는 자세, 지역 걷기 역사를 이야기해 주시며 걷기에 관한 열정을 드러내십니다. 이어서 걷는 사람들이 참 많다면서 며칠 전 100km 걷기에 참여하신 분이 저 앞에서 또 걷고 계신다고, 자신도 100km, 120km 등 밤새 걷는 코스도 많이 참여해 봤다고…. 걷는 것을 좋아하지만, 그렇게 무리하면서까지 걸어야 하나라는 생각에 "그렇게까지 걸으면 뭐가 좋아요?"라고 당돌하게 질문을 건네었습니다. 한 길벗이 '망가진 몸'이라며 진담 반 농담 반 섞인 답변에 모두가 한바탕 웃었습니다.

걷는 사람들이 모인 무리 가운데 오니, 다양한 사람을 만나고, 처음에는 커 보였던 제 목표가 작아지고, 좀 더 레벨업 됨을 느낍니다. 평생 기준점이 저에게만 있으면 어쩌면 늘 그 자리를 맴돌듯 합니다. 그러나 열정이 싹트는 분야에 관한 커뮤니티 안으로 들어가면, 현재 자기 기준점을 좀 더 객관적으로 볼 수 있게 됩니다. '함께'의 힘입니다.

책 100권을 출간한 김종원 작가는 "독서와 글쓰기는 이제 취미가 아니라 생존이다."라고 말했습니다. 정말 그래서인지 요즘 SNS를 보면 독서도, 글쓰기도 책쓰기도 하려는 사람이 많습니다. 좋은 현상이라고 봅니다. 과거에는 특별한 사람만 읽고 쓰는 시대였습니다. 디지털 기술의 발달로 모든 것이 수평화되고, 읽고 쓰기에서도 기득권이 무너졌습니다. 누구는 쓰레기 같은 글들이, 그저 고만고만한 글들이 쏟아져 나온다고 비판하지만, 저는 그렇게 생각하지 않습니다. 고만고만한 글일지라도 누군가에게는 소중한 글입니다. 그런 글이 되지 않기 위해, 부지런히 읽고 성찰해야 합니다.

타인을 배려하지 않는 글과 말은 소음이 될 수 있고, 혼란과 상처를 가져다줄 수 있기에 점차 줄여가야겠지만, 보통의 사람은 오히려 타인을 너무 배려하느라 오랜 시간 '나'를 방치하며 살아왔습니다. 숨죽이며 살아왔던 시간이 더 많은 것입니다. 그 목소리들을 찾아가야 합니다.

저처럼 많은 사람이 독서에서 시작하겠지만, 거기서 머물면 안 됩니다. 글쓰기로 자기 안에서 더 깊은 우물을 길러내야 합니다. 그것이 우리가 모두 작가가 되어야 하고, 글을 쓰고 책을 써야 하는 이유입니다. 작가가 뭐 특별한가요? 쓰는 사람이 작가입니다. 책을 써 보니, 책 한 권만 쓰고 계속 안 쓰는 사람도 많고, 계속 쓰는 것이 힘든 것도 알았습니다. 그래서 계속 읽고 쓰라고 커뮤니티를 운영하고 있습니다.

그 실력이라는 것 또한 뭐라도 써야 자라갑니다. '실력을 키운 다음에 쓰겠어!'라며 미루고 미루는 순간 계속 쓰는 누군가에 의해 뒤처질 뿐만 아니라, 나를 발견하고, 목소리를 찾아가는 글 실력도 마찬가지로 느려질 뿐입니다.

경험의 시대입니다. 함께 걸으며, 이미 수십 년 걸어온 사람들의 이야기를 들으며, '좀 더 이 세계를 알 걸! 조금 더 일찍 걸을걸!' 하는 생각이 잠시 스쳐 지나갑니다. 그러나 지금이라도 알았으니, 조금이나마 시간 내 걸어보려고 합니다.

트레킹 끝에는 여수 바다가 기다리고 있었습니다. 미세먼지로 시야는 흐려서 아쉬웠지만, 그래도 가만히 바다를 바라보고 있으니, 평안과 안도감이 밀려옵니다

모든 처음은 낯설고 두려운 것처럼, 처음 산을 오르고, 두 번째 세 번째 등반하는 제 심정도 그러했습니다. '오늘은 완주할 수 있을까? 이 길은 힘들지 않을까? 이 길 끝에는 뭐가 있을까?' 그러나 시작하면 어떻게든 완주하게 되어 있었습니다. 먼저 시작한 분들이 기다려 주기도 하고, 쉬어가도 괜찮다고도 했지만, 시작한 이상 멈추도록 그냥 놔두지는 않았습니다.

글쓰기도 책쓰기도 마찬가지입니다. 다른 이들의 글을 엿보지만 말고, 뭐라도 써보고, 함께 쓰고, 책쓰기에도 동참해 보기를 바랍니다. 아직 시작하지 않으신 분이 있으면 도전해 보세요. 처음에는 좌충우돌할 것입니다. 그러나 시작하면 언젠가 완주하게 되어 있습니다.

여러분의 목소리를 들려주세요. 세상이 기다리고 있습니다.

등산과 글쓰기 2

성공하지 못할 것이라고 믿는 사람은 성공을 따라잡지 못해서가 아니라 미리 성공의 한계를 정해두었기 때문에 성공하지 못한다. _무천강

등산 후 집에 가는 버스에 올라타면 온몸이 지끈거립니다. 발바닥에서부터 발목, 종아리, 허벅지 할 것 없이 피곤과 욱신거림이 예민하게 느껴옵니다. 다음 날 아침에 일어나면 몸 전체에서 오는 그 뭉툭한 저려옴은 말로 표현하기 힘듭니다. 그동안 무직 가운데 있던 온 근육이 오랜만에 일했다는 표시로 한꺼번에 소리치듯 아우성칩니다.

갑작스러운 반란이라도 일어난 듯 온몸이 외치는 소리로 고통스럽지만, 어제보다는 조금 더 단단해진 몸을 느낍니다. 기분 좋은 괴로움입니다.

글쓰기도 다를까요? 매달 매일 쓰는 글쓰기 챌린지를 21개월째 진행하고 있습니다. 특히 첫 달, 두 번째 달에 참여하는 분들은 많이 힘들어 하십니다. 주어진 글감에 맞춰 글 쓰는 것도, 매일 쓰는 것도, 비루한 내 글을 누군가에게 드러내는 것도 어려워합니다. 글쓰기 근육이 전혀 없던 분들이 갑자기 글을 쓰려니 '내가 괜히 쓴다고 했나?', '내가 무슨 글을 쓰겠다고?', '나는 책을 쓸 자격이 안 되었어.', '내 글은 다른 사람 글에 비해 너무 비루해.', '좀 더 연습하고 써야겠어.' 등등 온갖 의심과 회의라는 방어기제에서 나온 생각들로 마음이 심란합니다.

잘 쓰고 계셨던 한 분은 브런치 스토리 작가가 된 후 갑자기 글 슬럼프가 왔다면서 이에 대한 방어기제로 안 보던 드라마를 열심히 정주행했다고 고백했습니다. 꼭 해야 하는 일인데 하기 싫은 저항 기제로 갑자기 하기 싫던 청소를 열심히 하거나, 안 하던 책상 정리를 하는 것처럼요.

저 또한 산을 오를 때, 지루한 걸음과 걸음 사이에서 '내가 이 길을 왜 오른다고 했을까?'라는 자책이 담긴 저항의 마음과 함께 '이 길이 언제 끝날까?' 라는 상념이 불쑥불쑥 올라옵니다. 그러나 어느 새 마주하는 풍경에 감탄하며, '이 맛에 등산하지!'를 연실 내뱉습니다. 완주 후 밀려오는 성취감을 느끼며 또 다음 등산 일정을 저도 모르게 확인하고 있습니다.

글쓰기도 똑같습니다. 때론 하기 싫고 미루고 싶은 것 중 하나가 글쓰기입니다. 매일 써도 글 실력이 한 번에 늘지 않는 것 같고, 설렘보단 지루한 시간이 더 많은 거 같고, 다른 이들의 글을 보며 조급함과 비교, 질투라는 감정과 싸웁니다. 그러나 쓰기 시작하면 그 과정에서 마주하는 나와 너, 세상의 풍경에 깜짝 놀라며 감탄하고, 미처 모르고 지나쳤던 생각, 감정을 발견하며 깨달음과 감사, 눈물로 반응합니다. '이 맛에 글을 쓰지!' 하면서 이어갈 힘을 얻습니다. 24시간 하루라는 시간 안에도 무수한 희로애락이 있듯이 글쓰기라는 시간의 여정도 마찬가지입니다.

등산하며 만난 걷기 전문가 한 분에게 물었습니다. "늦은 나이에도 계속 산을 오르면 근육이 생기나요? 나이가 들어가며 근육이 매년 줄어든다고 하는데 나이가 들어도 없던 근육이 계속 생기나요?"라고 말입니다. 그분은 당연하다고 말했습니다. "100세가 되어도 만들어져요."

등산과 글쓰기는 비슷합니다. 근육이 갑자기 만들어지지는 않습니다. 한 걸음 한 걸음이 모여 단단한 근육과 몸이 만들어집니다. 그러나 하루 이틀, 일주일 이를 멈추면 근육생성이 멈추고, 장기간 쉬면 있던 근육도 점차 빠집니다.

글쓰기도 마찬가지입니다. 매일의 짧은 글쓰기가 모여 삶에 대한 단단한 생각과 나와 타인, 세상에 대한 예민한 감수성을 만듭니다.

특별히 구슬을 엮어 한 권의 책을 만들어내는 일은 좀 더 집중력과 인내가 필요합니다. 한 꼭지 한 꼭지 성실한 글쓰기는 어느 덧 한 권의 책을 만들어내고, 자신이 한 뼘 더 성장해 있음을, 그리고 좀 더 세상을 도울 준비가 되었음을 느낍니다.

오늘도 글방 문을 열고, 단톡방에 글을 남깁니다.

"단단글방 00기 모두 입장하셨습니다. 0월에는 20명의 글벗들과 글쓰기로 달려봅니다. 술술 잘 써지는 날도 있고, 가끔은 슬럼프가 오기도 하지만, 조급해 하지 말고, 잘 써야겠다는 마음도 말고, 그저 주어진 하루를 잘 살아본다는 마음으로 써 봅니다. 이렇게 살아온 하루를 글로 쌓아가다 보면, 단단한 인생이 되어 있지 않을까요? 다시 오지 않을 소중한 하루 중 스쳐 지나가는 한 장면이라도 놓치지 않겠다는 마음으로 담담히 써 가셨으면 좋겠습니다."

이것이 길고 오래 쓰는 비결입니다.

독서와 글쓰기가
세상을 구할 수 있을까?

퇴직 후 몇 년간 읽고 쓰는 데 몰입해 왔습니다. 지난 20여 년간 주로 강의하고 상담하는 일을 해 왔기에, 읽고 쓰기는 늘 함께해 왔지만, 더 온전히 몰입하기를 늘 간절히 소원해 왔습니다. 그래서인지 몰입했던 지난 2~3 간의 시간이 쏜살같이 빠르게 지나갔습니다. 열정이 닿아 있는 주제였기에 관련 책을 빠르게 써낼 수도 있었고요. 이 기쁨을 혼자만 가지고 있어서는 안 된다는 작은 소명감으로 조금씩 세상에 나왔고, 온라인 공간에 꾸준히 관련 콘텐츠를 기록해 왔습니다.

제 콘텐츠에 사명과 핵심 가치가 담긴 문구를 종종 넣었는데요.

"말과 글로 나를 치유하며 따뜻한 세상을 만들어갑니다."

"느슨한 연대와 따뜻한 시선이 머무는 곳"

밋밋할 수도 있지만, 제 삶의 방향과 가치가 담긴 문장들입니다. 그러나 이 글을 쓰고 있는 시점에 이런 문장이 어른거립니다.

"읽기와 쓰기가 '나'와 '너'를 살립니다."
"읽기와 쓰기로 더 나은 나와 미래를 상상합니다."

'독서와 글쓰기가 정말 세상을 구할 수 있을까?', 그리고 '나를 구할 수 있을까?'를 스스로에게 가끔 질문합니다.

박연준 작가의 책 《듣는 사람》에는 다음과 같은 첫 문장이 나옵니다.

"글쓰기는 공들여 말하기, 읽기는 공들여 듣기."

조금은 다른 시선이라, 이 문장에 한참 머물러 있었습니다. 먼저 읽기를 살펴볼까요. 읽기는 독자의 의지를 반영한 능동성을 전제로 합니다. 그러나 다른 한편으로 온전히 읽기 위해서는 잘 듣는 수동성이 필요합니다. 읽기는 단순히 글자만 읽는 것을 말하지 않습니다. 오늘날 문맹인은 거의 제로에 가까운데요. 그에 비해 문해력인 실질 문맹률은 높지 않습니다. 그 이유는 무엇일까요? 잘 듣지 못하기 때문입니다.

우리는 경청에 참 인색합니다. 아니 경청하는 방법을 잘 모르기도 하고, 훈련이 되지 않아서일 수도 있겠습니다. 무엇을 들어야 할까요? 먼저는 저자와 저자가 놓인 문맥, 책 속의 수많은 타인의 목소리를 들을 수 있어야 합니다. 그리고 그 문맥안에 놓인 '나'라는 텍스트를 읽어야 합니다. 그제서야 읽기가 완성됩니다. 그래서 읽기는 독자의 의지가 담긴 능동적인 행동과 더불어 '듣기'라는 적극적인 수동성을 요구합니다.

이런 '듣기'가 전제된 '읽기'는 읽는 이를 살찌우고, 행동과 의지를 변화시키고, 삶을 살릴 가치와 힘을 축척합니다.

잘 듣기 위해서는 어떻게 해야 할까요? 내 해석과 평가를 내려 놓고 수시로 멈춤과 타인의 처지를 배려하는 노력이 필요합니다. 그러나 우리는 너무 바빠서 다른 이를 돌아볼 여유가 없습니다. 한 사람이라도 내 말을 들어주는 사람이 있다면 자존감이 높아질 뿐만 아니라 삶을 얻게 되는데, 그 한 사람을 만나기가 참 어렵습니다. 읽기도 똑같습니다. 저자를 만나는 과정이고, 저자가 책에서 내 보이는 수많은 타인을 만나는 과정인데 공들여 읽기가 힘든 거죠.

쓰기는 어떠한가요? 일기는 그저 생각 없이도 내뱉을 수 있습니다. 일기는 수다와 같습니다. 공들이지 않아도 됩니다. 사고하지 않고 여과 없이, 과감하게 생각과 감정을 쏟아내도 됩니다. 그러나 글쓰기가 개인에서 공적인 공간으로 넘어가게 될 때 그저 감정 쓰레기통이 되면 안 됩니다. 책이라면 더욱 공들이는 과정을 요구하고요.

생각과 문장을 가다듬는 노동이 필요합니다. 농밀한 사고의 여정을 거쳐 빚어진 문장을 낳습니다. 이 노동의 질에 따라 독자에게 가닿는 글, 그렇지 못한 글이 탄생합니다. 이 과정은 먼저 쓰는 이를 풍요롭게 하고, 타인을 살리고, 세상을 살립니다.

일기가 아닌, 에세이 쓰기는 누군가에게 이야기하고 싶다는 뜻입니다.

강연을 생각해 보세요. 강연은 '공들여 말하기'입니다. 잘 말하기 위해서는 공들인 원고가 필요하지요. 말하기 전에 생각을 정리하는 쓰기가 우선 필요합니다. 좋은 강연으로 사람들에게 감동을 가져다주는 이들은 먼저 이런 쓰기의 노동을 잘 감당한 이들입니다. 말 한마디로 사람이 살아나기도 하고 평생 그 상처에 시달리며 죽기도 하기 때문입니다. 공들인 말하기를 전제로 한 쓰기에 임하는 자세는 그래서 사뭇 다릅니다. 즉, 쓰기는 '공들인 말하기'인 것입니다.

독서와 글쓰기가 나와 너를 구함을 믿습니다. 물론 이것만이 전부는 아닙니다. 모든 것은 서로 연결되어 하나의 생태계를 이루기 때문입니다.

새벽에 책을 읽다가 한 이미지가 떠올랐습니다. 읽기와 쓰기는 나무의 뿌리와 같은 역할을 하는 것이 아닐까 하고요. 뿌리는 모든 줄기와 잎새, 꽃에 영양분을 공급합니다. 뿌리가 마르면 나무는 서서히 시들어갑니다.

지속적으로 읽기와 쓰기로 영양을 공급하지 않으면, 사회를 움직이는 다양한 영역의 사람들, 활동가도 정치가도 사업가도 행정가도 제 역할을 할 수 없습니다. 힘과 에너지가 없는데 움직이면 거기에서 탈이 납니다. 그렇게 자신을 속인 채 오랜 시간 일하다 보면, 그 괴리가 점점 커집니다. 수시로 좌절감을 겪으며, 아예 영혼을 잃은 채 허수아비처럼 살아가기도 합니다. 계속 읽고 쓰며 자신이 속한 영역에서 빛을 발하도록 비전과 열정의 에너지를 채워가야 합니다. 독서와 글쓰기는 세상을 구하는 모든 일의 기본입니다.

책 출간 전후에 관련 유, 무료 교육 서비스를 제공하고 있는데요. 이 모든 과정을 SNS에 빠지지 않고 기록하고 있어요. 그런데 SNS를 하다 보면, 서로를 통해 많이 배우기도 하지만, 어느 순간 큰 차별점 없는 콘텐츠, 상품과 서비스가 보이기도 해요. 물론 관련 서비스를 제공하는 사람이 다르기에, 겉으로 보이는 내용과 달리, 실제 상품과 서비스의 색과 맛은 다를 겁니다.

저처럼 독서와 글쓰기 교육 서비스를 제공하는 이들이 점차 많이 보이더라고요. 심지어 교육 주제나 콘텐츠도 비슷합니다. 비슷비슷한 서비스 속에서 저만의 차별점을 찾으려 노력하지만, 가끔은 나까지 이런 서비스를 제공할 필요가 있을까 하는 생각도 들어요.

그런데 갑자기 생각이 달라졌습니다. 2년마다 문화체육관광부에서 조사하는 독서 실태를 보면, 매년 읽는 사람이 줄어갑니다. 1994년에 처음 이 조사가 실시되었을 때는 성인 90% 이상이 읽었는데, 매년 줄어 2023년에는 성인 40% 정도만이 읽고 있습니다. 10명 중 6명은 1년에 책을 전혀 읽지 않는 거죠. 쓰는 사람은 더하겠죠. 이런 상황에서 저와 비슷한 결을 가진 사람들끼리 연결된 SNS상에서 많은 사람이 읽고 쓴다고 착각하기 쉬운 법이지요.

읽고 쓰는 세상을 만들어가는 일은 절대 저 혼자 할 수 없기에, 오히려 더 많은 사람이 책도 소개하고, 북클럽도 하고, 글쓰기 과정도 열어 교육한다면 이 모두는 나비 효과를 이루어 우리 사회에 서서히 스며들고 읽고 쓰는 사람이 더욱 늘어나지 않을까요? 그렇게 생각하니 기분이 좋아졌습니다. 우리는 경쟁자가 아니라 동료입니다. 경쟁이 아닌 상생할 때 우리가 꿈꾸는 세상을 만들어갈 것입니다.

이 글을 퇴고하는 시점, 한 뉴스기사가 생각났습니다. 요즘 젊은이들은 전자책, 오디오북도 적극 활용하고, 함께 읽고 토론하는 문화를 즐긴다는 내용이었습니다. 더 많은 분이 읽고 쓰는 기쁨을 누리셨으면 좋겠습니다.

독서와 글쓰기는 세상을 구할 수 있을까요? 저는 그렇다고 생각합니다. 보이지 않는 시간과 공간에서 이루어지는 '읽기와 쓰기'지만, 모든 것의 뿌리이기에, 이를 지속적으로 공급받지 못하면, 사람이든 일이든 시들거나 변질될 수 있습니다. 읽고 쓰며 먼저 자기를 구하는 사람, 느리지만 변화되고 단단해진 이들을 통해서 그들이 속한 가정, 일터, 세상은 분명 그 영향을 받을 것입니다.

'공들인 듣기'와 '공들인 말하기'를 전제한 온전한 '읽기과 쓰기'로 존재의 변혁과 세상의 변화를 일구어가는 중심에 여러분들이 거하기를 축복합니다. 세상의 모든 읽고 쓰는 이들을 응원합니다.

매일 쓰면 정말 작가일까

작가의 의무는 이 세상을 사는 일이 자신에게 어떻게 느껴지는지 기록하는 것이다. _제이디 스미스

《그리스인 조르바》에서 나오는 등장인물 조르바는 소설 속 화자인 보스에게 세 가지 부류의 인간에 대해 이야기합니다.

"먹는 음식으로 무얼 하는지 말해주면 당신이 어떤 사람인지 말해줄게요. 어떤 사람은 먹는 거로 비계와 노폐물을 만들어 내고, 또 어떤 사람은 그걸로 일과 즐거움을 만들어 내지요. 신을 만들어 내는 사람도 있고요. 그러니까 인간은 세 가지 부류가 있습니다."

요즘에는 출판과 상관없이 매일 글을 쓰고 있으면 모두 작가라고 말합니다. 어쩌면 이는 글쓰기를 위한 동기부여 말일지도 모르겠습니다. 저는 글쓰기 동기부여를 위해서 가끔 "읽었으면 토해내세요."라고도 말합니다. 여기서 '읽기'란 책이기도 하지만, 우리가 경험해 온 모든 것이기도 하지요. 우리는 수십 년을 살아오면서 다양한 경험을 이미 몸으로 읽어 왔습니다. 그것을 토해내는 과정인 '글쓰기'는 요즘 많은 사람이 소망하면서도, 누군가에게는 여전히 어려운 실천입니다. 조르바를 통해 작가를 세 가지 부류로 나눠 생각해 보고자 합니다.

첫째 글을 쓰지만 비계와 노폐물과 같은 글을 배출하는 자, 즉 글을 쓰지만, 영양가 없는 글들을 쏟아내는 이들입니다. 둘째, 일과 즐거움을 만들어 내는 자, 즉, 자신의 지식과 경험을 글로 나눠 누군가에게 도움과 즐거움을 주는 이들입니다. 책 100권을 쓴 김종원 작가는 이를 매우 중요시 하지요. 그 근원은 '사랑'이라고도 말하고요. 세 번째는 신을 만들어 내는 작가입니다. 무슨 말일지 곰곰이 생각해 봅니다. 신은 무에서 유를 창조하기도 하지만, 유에서도 아무도 생각해 보지 않을 정도로 새로운 글을 창조해 내는 존재입니다. 여하튼 세상에 없는 글을 만들어 내는 이들입니다.

자기 글에 만족하는 작가가 몇 명이나 될까요? 대작 《토지》 20권을 써낸 박경리 작가도 지금 쓰고 있는 작품을 늘 습작이라고 말했는데요. 그래서 마지막 작품은 영원히 없을 거라고요. 요즘처럼 다양한 출판 형태가 존재하고 인공지능이 알아서 글도 척척 써주고 책도 만들어 주는 시기에, 그저 글 쓰고 책 한 권 출판했다는 것에 만족하는 이도 있겠습니다.

그러나 지상에서는 이루어질 수도 없는, 영혼이 가닿는 이상적인 문장을 쓰기를 원하는 작가도 있습니다. 조르바가 말하는 세 번째 부류는 아마 이런 작가에게 해당할 것입니다.

이 이야기를 하며, 조르바 자신은 두 번째 부류에 해당한다고 말합니다.

"보스, 나는 가장 나쁜 부류도 아니고 가장 좋은 부류도 아녜요. 중간쯤 되는 인간이지요. 나는 내가 먹는 걸 가지고 일과 즐거움을 만들어 냅니다. 이 정도면 괜찮지 않나요?"라고.

이 책에서 보스는 무언가 '쓰는 이'로도 등장하는데요. 몸으로 표현하는 자유로운 조르바와 달리, 자기 안에서 솟아오르는 이야기를 글로 쏟아내야 시원해하는 인물로 등장합니다. 조르바는 보스에게 "신을 만들어 내려고 애쓰"시니, 당신은 세 번째 부류에 해당하는 것 같다며, 까마귀 비유를 덧붙입니다.

> "원래 까마귀는 까마귀답게 똑바로 정상적으로 걸었어요. 그런데 어느 날 문득 자고새처럼 가슴을 내밀고 우쭐하게 걸어 보면 어떨지 하는 생각이 든 거예요. 그리고 그때부터 이 가엾은 까마귀는 본래의 걷는 법을 잊어버리고 폴딱폴딱 걸어 다니는 겁니다."

그는 보스가 신이 되려고 애쓰기에 "그렇게 안 되니깐 힘든 거라며, 까마귀한테 일어난 일이 당신에게도 일어난 겁니다."라고 말합니다.

당신은 글을 쓰고 있나요? 에세이를 쓰고 싶은가요? 그렇다면 어떤 부류를 목표로 하겠습니까? 아마 비계와 노폐물을 배설하고자 하는 작가는 아무도 없을 것입니다. 누군가에 도움은 되는 글을 쓰고 싶으실 겁니다. 인기 있는 지식과 경험은 시대에 따라 변할 수 있지만, 살아오면서 쌓은 자기만의 지식과 경험은 누구에게나 있기에 두 번째 부류의 글은 누구나 쓸 수 있습니다. 여기에 대단한 문학적 감수성도 문장력도 크게 필요하지 않습니다. 세 번째 부류는 어쩌면 시대를 거쳐 살아남은 고전을 쓴 작가들이 아닐까 합니다. 고전은 시대가 변해도 바뀌지 않은 인간의 본질을 깊숙이 건드립니다. 이런 작품을 쓴 작가는 과거와 현재, 미래까지 바라볼 수 있는 혜안과 시대 이면을 꿰뚫을 수 있는 안목을 가지고 있습니다.

저는 두 번째와 세 번째 부류의 중간 정도는 되어보고 싶습니다. 까마귀가 까마귀로 살면 몸과 마음은 편하겠지만, 힘들더라도 조금은 더 나은 이상을 꿈꾸며 살아야 조금이라도 진보가 있지 않겠습니까. 제 지식과 경험을 나누는 글을 꾸준히 쓰되, 조금이라도 영혼에 흔적을 남기는 통찰을 남기고 싶습니다.

그러기 위해서는 다독(多讀), 다작(多作), 다상량(多商量) 즉, 많이 읽고 많이 쓰고 많이 생각하는 것을 멈추지 말아야 합니다. 먹는 재료도 중요하기에 좋은 책을 읽고 좋은 경험을 하고 좋은 사람들을 많이 만나야 합니다. 또한 사는 대로 생각하지 않고 생각한 대로 살기 위해 '사유'를 놓치면 안 됩니다. 이는 먹은 음식을 뱃속에서 소화시키는 과정입니다. 그리고, 읽고 생각한 것을 '글쓰기'로 토해내는 과정도 게을리하지 말아야 합니다. 글쓰기는 노동입니다. 이를 위해 부지런히 몸을 움직여 체력도 단련해야겠습니다.

매일 글을 쓰는 이가 작가라는 말, 어느 정도 동의합니다. 그러나 어떤 글을 쓰고 있는지도 더 중요합니다. 제가 쓰는 글이 노폐물이 되지 않기 위해, 두 번째 부류를 넘어 세 번째 초입이라도 가 닿기 위해 오늘도 저는 읽고 생각하며, 제 삶을 빚는 글쓰기를 이어갑니다.

끝에서 시작하는 방법

대부분의 사람에게는 알게 모르게 행하는 자기만의 리추얼(ritual, 규칙적으로 행하는 습관)이 있습니다. 저는 아침에 일어나 이빨을 닦고, 따뜻한 물을 마시고, 성경을 묵상하고, 읽고 쓰고, 운동을 합니다. 그리고 오전에는 필요한 공부를 이어서 하고, 사람들을 만나거나 모임은 주로 오후와 저녁 시간을 활용합니다.

겉으로 보면 대부분의 일상은 비슷합니다. 그러나 중요하게 여기는 포인트는 사람마다 다릅니다. 그저 어떤 활동들을 시간순으로 할 때, 갑작스러운 일정이나 상황이 발생하면, 시간순으로 앞에 배치된 것들을 해냈더라도 중요한 것이 오후에 배치되어 있을 때는 낭패를 볼 수 있습니다. 많은 것을 하루에 해 냈지만, 정말 중요한 것은 못 했다는 찜찜함이 남을 수도 있습니다.

이때 좋은 방법이 하나 있습니다. 끝에서 시작해 보세요. 지금 나에게 가장 중요한 두 가지가 책 출간과 강의 준비라고 합시다. 만약 책 출간을 앞두고 있다면, 먼저 이를 중심으로 나머지 일정을 배치합니다. 매일 이에 두 시간을 먼저 할애하기로 했다면, 이를 위해 나머지 일정을 빠르게 해 갑니다. 이번 주 금요일 강의가 있어서 매일 한 시간을 빼놓기로 했다고 해도 마찬가지입니다.

두 가지를 주요 목표와 우선순위로 두고 있다면, 나머지 시간에 행하는 독서와 운동, 모임, 만남 등 여러 일정에서 책쓰기와 강의에 대한 에피소드나 통찰을 건져 올릴 수 있고요. 그뿐만 아니라 그 두 가지를 하기 위해서 빠르게 나머지 일정들을 집중해서 소화해 갈 수 있습니다. 그저 투두 리스트를 기계적으로 작성하기보다 그중에서 주요 목표를 분명히 할 때 몰입과 스피드를 조절할 수 있습니다.

매일 글쓰기도 마찬가지입니다. 한 달 글쓰기 챌린지를 이 글을 쓰는 시점인 22개월째 진행하고 있는데요. 대부분이 직장에 다니거나, 주부로서 여러 일를 챙기면서 매일 글을 쓴다는 것이 절대 쉽지 않지요. 그럼에도 소정의 돈을 지불하고, 글방에 들어왔다는 것은 그만큼 글쓰기에 대한 비중을 높이고자 하는 결단이기도 하죠. 글방에서 1년 이상을 매일 쓰는 분도 있고요. 돈을 지불하고 글방에 참여했지만 여러 우선순위에 밀려서 글쓰기를 포기하거나, 들쑥날쑥한 분도 계십니다.

이 차이는 무엇일까요? 아침에 글을 쓰든 저녁에 글을 쓰든, 꾸준히 쓴 사람은 글쓰기를 하루의 일정 중에서 중요한 우선순위로 두었습니다. 한 직장인은 일을 하면서도 아침에 글감을 받고, 수시로 그 글감에 대해서 생각한다고 합니다.

몇 달 만에 인스타 팔로워를 수만을 모았던 캔디 언니의 성공담을 잠깐 들은 적이 있습니다. 무역으로 이미 성공한 사업가였지만 코로나로 잠깐 주춤거렸을 때, SNS를 시작하셨고, 매일 라이브를 한 달 동안 진행했다고 합니다. 인스타그램에 처음 입문했을 때, 지도했던 코치가 젊은 사람도 '일주일에 한 번도 힘들어요.'라고 했을 때, 그녀는 개의치 않고 도전하는 마음으로 꾸준히 했다고 합니다. 그런데 '매일 실패하니 매일 나아진다.'고 말합니다. 그리고 라이브에서 몇백만 원의 상품을 판매했습니다. 곧이어 도전한 일은, 인스타그램에 매일 하나의 릴스를 올리기였습니다. 그녀는 이를 위해 "새벽 6시부터 자정까지 그 생각만 해요!"라고 덧붙입니다. "오늘은 어떤 콘텐츠를 만들까?"하고요. 사업하는 분이니 하루하루가 바쁘겠지요. 그러나 목표를 분명히 했을 때, 다른 모든 일정이 그 목표로 향하게 되고, 아이디어도 틈틈히 얻게 됩니다.

끝에서 시작해 보세요. 현재 글쓰기가 나에게 정말 중요한 일이라면, 글을 쓰고 긴 호흡의 책까지 쓸 방법은 매일의 시간 안에서 끝에서 시작하는 것입니다. 가장 중요한 일을 푯대로 세우고, 이를 위한 한 시간, 두 시간을 만들기 위해서 나머지 시간을 압축적으로 활용합니다.

우리 인생은 습관으로 이루어져 있습니다. 이것이 변화의 시작입니다. 그 습관을 바꾸면 인생이 원하는 방향으로 바뀝니다. 독서도 글쓰기도 책쓰기도 SNS도 운동도 마찬가지입니다.

당신이 책을 못 쓰는 이유

책 몇 권 써 본 입장에서 모두가 작가가 되었으면 좋겠지만, 한 편으로 각자 추구하는 삶의 목표는 다르기에 모두가 쓸 필요는 없다고 생각합니다. 특히 개인 저서는 몇 개월에 걸쳐 초고와 퇴고를 반복하는 작업이기에 일정 강도의 노동이 필요합니다. 그래서 책을 쓰려는 분명한 목표가 없다면 완성이 쉽지 않습니다. 원고마감은 목표 선언만으로 되지 않으니깐요.

에세이 공동저서 프로젝트를 10기째 운영했습니다. 지금은 개인저서 책 코칭을 몇 분 도와드리고 있는데요. 용기를 가지고 책쓰기 과정에 들어오셨지만, 막상 글을 쓰려고 하면 누구에게나 두려움이 몰려옵니다. 생각보다 잘 써지기도 하고, 잘 안 써기도 합니다.

아주 가끔 아래처럼 반응하는 분들이 계십니다.

"막상 쓰려니 너무 스트레스 받아요."
"저는 개인 저서는 못 쓸 거 같아요."

솔직한 반응은 충분히 공감이 갑니다. 글쓰기에 대한 감정이 늘 열정으로 가득 차오를 수 없고, 막상 책이라는 상품을 만들어내기까지 수없는 퇴고와 이후의 과정들에 엄두가 안 날 수 있기 때문이죠. 그럼에도 이런 말을 톡방에 남기면 서로가 힘이 빠집니다.

그저 가볍게 경험차 공저를 쓰신 분들도 있지만, 언젠가 개인 저서를 출간하고 싶은 마음에 도전하신 분들도 있습니다.

첫 책을 쓰고자 하는 분들은 특히 처음부터 글 쓰는 사람이 아니었을 겁니다. 책 출간 전에 독서와 글쓰기 경험을 충분히 했더라도 책 출간은 또 다릅니다. 초고 쓰기는 어쩌면 가장 쉽습니다. 그러나 써 놓은 초고를 수없이 퇴고하고, 상품으로 만드는 과정은 짧으면 6개월에서 1년이 걸리는 기다림이 필요합니다.

이 모든 과정을 이길 힘은 무엇일까요?

작가가 되려면 이것을 바꿔라

《나는 나의 스무 살을 가장 존중한다》의 저자 의사 이하영은 상위 1% 부자라고 합니다. 그러나 그는 여섯 살 때 부모가 이혼하고, 엄마와 같이 창고 같은 방에서 지냈습니다. 아침에 일어날 때 머리가 부딪치고 제대로 몸을 펼 수 없을 정도로 작은 방이었다고 해요. 포항공대를 간 그는 의사가 되는 꿈이 있어 바로 재수를 결정합니다. 그리고 그는 부산 국제 시장에 가서 파란 수술복을 샀습니다. 거기까지는 누구나 행할 수 있습니다. 그런데 그다음에 한 그의 행동이 더 놀랍습니다. 그는 수술복을 입고 고시원에서 4시 50분에 일어나서 12시간 동안 공부했습니다. 그래서 고시원에서 재수, 삼수한 이들은 그가 이미 대학병원에서 일하는 의사인 줄 알았습니다.

그는 말합니다.

> "미래를 알 수 있는 앎이 있으면, 내가 원하는 모든 것을 이룰 수 있어요."

그에게 수술복은 강력한 시각화이지, 미래를 아는 앎이었고, 기억하는 힘이었습니다. 미래를 기억한다는 말이 무슨 말일까요?

과거는 기억을 통해서 존재하잖아요. 과거의 모든 일을 기억하지 못하지만, 기억한 일만 과거로 존재합니다. 즉, 과거는 기억을 통해 현재에 인식되고, 내면의 이미지로 남아 있는 거죠.

이 원리가 미래에도 적용됩니다. 미래는 그냥 오는 것일까요? 아닙니다. 미래는 상상을 통해 인식하는 내면의 이미지입니다. 아직 오지 않았지만 '상상'이라는 도구를 통해 미래 이미지를 적극적으로 만들어낼 수 있습니다.

이것이 부자나 성공자들이 늘 말하는 무의식의 힘입니다. 부의 씨앗이 무의식에 심겨 있으면 부하게, 가난한 씨앗이 무의식에 심겨 있으면 가난하게 산다는 말입니다.

운명은 무의식이 결정한다

분석심리학의 대가 칼 융(Carl Gustav Jung)은 '무의식을 의식화하지 않으면 무의식이 삶의 방향을 결정하고, 우리는 이것을 운명이라 부른다'라고 말했습니다.

많은 사람이 책쓰기를 선포하고, 확언하지만, 쓰지 못하는 이유가 여기에 있습니다. 생각이 현실을 바꾼다고 생각하지만, 사실은 무의식 속 생각이 현실을 바꿉니다. 생각은 책을 쓰고 싶지만, 무의식에서는 여전히 "그건 그 사람이니깐, 가능한 거야, 그 사람이니깐 책을 쓴 거야."라는 생각이 단단히 박혀 있다는 말이지요. 그러면 의식 너머의 무의식 속 생각이 자신을 합리화하고 글쓰기를 방해합니다. 그래서 결국 책쓰기를 포기하고 시간만 끌다가 써야 할 타이밍을 놓칩니다.

의식과 생각을 좌지우지하는 더 깊은 내면과 무의식을 바꾸는 작업이 필요합니다. 그래서 현실을 바꾸고 싶다면, 언젠가 책을 쓴 저자가 되고 싶다면, 단순히 목표 세우는 것에 그쳐서는 안 됩니다. 내면을 바꾸는 작업이 필요합니다. 무의식에 새겨진 이미지를 바꿔야 합니다.

이미 출간된 책을 내 손 안에 받아 든 모습, 내 책이 베스트셀러가 되는 모습, 독자에게 사인해 주는 모습을 적극적으로 상상하며 내면에 되고 싶은 이미지를 씨앗으로 심어야 합니다. 무의식이 바뀔 때까지. 정말 작가가 된 것처럼 글을 써야 합니다. 이것이 과거를 기억하듯이, 미래를 기억하는 일입니다. 미래가 이미 현재에 상상으로 이루어졌기에 그 기억은 현재에 강력한 영향력을 발휘합니다.

많은 이들이 책쓰기 강좌를 수강하고, 목표도 세우지만, 곧 수많은 저항의 소리가 쳐들어옵니다.

"내 글은 너무 평범해."
"난 글쓰기에 소질이 없어."
"책은 아무나 쓰는 게 아니었어."
"저 사람이니깐 저렇게 쓸 수 있었던 거야."
"저 사람은 처음부터 자질이 있었어.",

저항의 소리는 정작 글 쓰는 데 소비할 에너지를 빼앗아 갑니다. 책쓰기를 끝까지 완수하지 못하는 이유는 이 소리가 갑자기 나타난 것이 아니라 무의식 안에 원래 있었기 때문입니다. 이미 새겨진 이미지들이 모두 튀어나와, 속절없이 당하는 것입니다.

그래서 매일 글을 쓰려고 할 때마다 무의식을 바꾸는 작업도 함께 해야 합니다. 상상을 통해 되고 싶은 미래를 현재에 이미 와 있는 기억으로 바꿉니다. 이것이 지금 나의 말과 행동을 결정한다는 단호한 마음으로요. 정말 그렇게 된 것처럼 생각하기에, 말하고 행동하기가 더 쉬워지는 거죠.

그래서 성공자들은 이렇게들 많이 이야기합니다. 나는 5년 뒤, 10년 뒤 미래를 이미 알고 있다고.

에세이 책을 출간하고 싶나요? 그렇다면 무의식을 바꿔보세요. 이미 작가가 된 모습을 상상해 봅니다. 그러면 오늘의 글쓰기가 더욱 쉬워질 것입니다.

> "결국 더 구체적으로는 무의식에 각인된 관성화된 생각, 관념이 운명을 결정한다. 내면에 단단히 박혀 있는 그 관념이 미래의 모습인 것이다. 그래서 우리는 그것을 고정관념이라 부른다. 관념이 고정될 정도로 강력하게 박히면 그 운명에서 벗어날 수 없다. "_《나는 나의 스무 살을 가장 존중한다》 이하영

순수한 사랑

순수한 사랑에서 비롯된 배움과 실력 향상은 그 사랑을 더 깊게 한다.

_이민경

취향의 시대입니다. '취미'를 뜻하는 '아마추어'의 어원은 어설픔이나 맛보기를 말하지 않습니다. '순수한 사랑'을 뜻하는데요. 요즘에는 취미라도 자격증을 많이 땁니다. 저 또한 최근 취미로 트레킹을 시작했지만, 관련 자격증 1, 2급을 두 군데에서나 받았습니다. 총 200시간 이상, 150만 원 정도 비용이 들었습니다. 공부하면서 취미인데 이렇게까지 돈과 시간을 투자해야 하나 생각이 들었지만, 순수한 사랑에는 돈과 시간이 아깝다는 생각이 끼어들 틈이 없습니다. 좋아하는 것을 그저 더 잘 즐기고 싶은 마음뿐이었지요.

수영 선수가 될 생각은 없어도 수영할 때마다 자유자재로 물 위를 다닐 수 있다면, 더욱 재미있는 것처럼요. 트레킹 초보이지만, 공부하며 이런저런 기술들을 익히니 보이는 것도 더 많고, 더 유용하게 활용할 부분이 많이 생기더라고요. 취미일지라도 실력이 생기면 재미도 두 배가 됩니다.

그동안 우리 사회는 순수한 사랑을 행할 여유를 많이 주지 않았습니다. 순수한 사랑을 한다는 것은 곧 나를 아낀다는 뜻인데요. 그럴 여유를 가지지 못한 아이나 어른 모두, 자존감과 존재에 상처를 입습니다. 이는 어른이 되어서도 무수히 흔들리는 이유 중 하나입니다.

저는 20여 년 전부터 자존감 강의를 대학생 대상으로 종종 해 왔는데요. 제 삶의 여정이 자존감 회복을 위한 여정이었다고 말해도 과언이 아닙니다. 자존감을 저해하는 요인에는 여러 가지가 있지만 그중의 하나가 '비교'가 아닐까 싶습니다. 특히 정보의 폭격을 수시로 당하고 있는 현대인에게 비교는 늘 당면하는 과제입니다. 거기서 자유로울 사람은 많지 않지요. 그래서 어떤 이는 SNS를 아예 끄고 삽니다. 그러나 정보가 중요한 사회에 이것이 답이 될 수 있을까요. 어떻게 하면 필요한 정보를 얻으면서도 정보의 바다에서 흔들리지 않는 나를 붙잡을 수 있을까요.

사람은 사회적 동물입니다. 자연인이 아니고서는 타인과 더불어 사는 세상에서 고립되어 살 수만은 없습니다. 특히 남성들에게 〈나는 자연인이다〉라는 TV 프로그램은 엄청난 인기라고 하는데요. 생존을 위해 사회와 타인, 조직에 맞추어 살 수밖에 없는 남성들, 조그마한 아파트 안에 자기만의 방조차 없는 신세인 이 시대의 아빠들은 가끔은 고립의 시간이 필요하지요. 얼마 전 한 유튜브에서 시골에 땅을 사서 혼자 고기 구워 먹는 남성분의 영상을 본 적이 있습니다. 조회수가 엄청나더라고요.

모든 비교에서, 압박에서 자유로울 수 있는 시간, 어찌 남성 뿐이겠나요, 타인과 뒤섞여 알게 모르게 비교 당하고 비교하는 여성들도, 엄마들도, 젊은이도, 은퇴자도 자연인으로 살아갈 수 있는 시간이 우리 모두에게 필요합니다.

그래서 모두에게 글쓰기를 권합니다. 특히 에세이 쓰기를 권합니다. 에세이는 자연인으로 돌아가는 시간입니다. 모든 가면을 벗고, '나'로 온전히 돌아가는 시간입니다. 다른 무엇보다 '나'를 향한 순수한 사랑을 회복하는 시간입니다.

에세이스트는 내 삶을 쓰는 사람이기에, 어느 정도 '나르시즘'을 필요로 하지요. 이를 위해 숭고한 이기주의자가 될 필요가 있습니다. '숭고함'이란 타인을 배제한 이기주의자가 아니라, 나를 깊이 이해하고 사랑함으로 결국은 타인도 끌어안는 이기주의자를 말합니다. 에세이를 쓰는 일은 나를 향한 순수한 사랑에서 시작합니다. 쓰면 쓸수록 그 사랑을 더 깊게 합니다. 내 삶을 사랑하는 글쓰기의 시작, 에세이 쓰기를 시작해 보세요.

모든 것은 한 권의 책에서 시작되었다

저는 사람들의 집을 지어주는 일을 하고 있습니다. 이 집은 물리적인 집을 말하는 것이 아닙니다. 이 책은 저의 네 번째 개인 저서인데요. 첫 책을 썼을 때는 '작가'라는 말이 제 입에 잘 붙지 않았습니다. 책 한 권 쓰고 작가라고 말하기가 왠지 부끄러웠기 때문입니다. 지금은 조금씩 또 꾸준히 쓰다 보니 어느 정도 제 정체성이 된 거 같습니다.

작가라는 이름에는 지을 작(作), 집 가(家)로 즉, '집을 짓는다'는 뜻이 담겨 있습니다. 책을 쓴 사람을 '저자'라고도 하고, '작가'라고 부르는데요. 저자와 작가의 차이점에 대해서 누군가 말했습니다. 글을 쓰는 사람은 누구나 작가라고. 꼭 책을 출간하지 않더라도, SNS에서든 어떤 플랫폼에서든 무언가 창작하며 글을 쓰고 있다면 그 사람은 작가라고 말이죠. 반면 저자는 출판된 책이 있는 사람을 말한다고 해요. 저는 저자든 작가는 모두 열린 공간에서 글을 쓰는 사람이라고 생각합니다.

그런데 혼자만의 공간에서만 글을 쓰는 사람도 있습니다. 이 사람은 고립된 섬에서 집을 짓는 사람이지요. 반면 많은 사람이 보는 공간에 글을 쓰는 사람인 저자나 작가는 세상 한가운데 집을 짓는 이들입니다. 세상 한 가운데 집을 짓는다는 것은 뭘까요? '우리 집에 놀러 와도 된다.'라는 뜻이 아닐까요. 집을 지은 후, 문을 활짝 열어 사람들을 초대하기 위해 세상 한 가운데 집을 지은 거죠.

'작가'는 고립된 섬이 아니라 세상 한가운데 '이야기'라는 집을 지어 사람들을 초대하는 이들입니다. 그 이야기가 꼭 성공담일 필요는 없습니다. 오히려 난관과 실패 이야기면 더 좋습니다. 이에 더 공감하며 이끌리니깐요.

《역행자 확장판》의 저자, 자청은 5%만이 역행자이며 95%는 순리자로 살아간다고 말합니다. 많은 이들이 5%의 욕망을 향해 가고 있지만, 대부분은 95% 속해 살아가지요. 이는 5%의 이야기가 도전되지만, 95%의 이야기에 더 많이 공감할 수밖에 없는 이유입니다.

한동안 빠져 있는 드라마 한 편이 있었습니다. 〈연인〉이라는 드라마인데요. 드라마 순위도 화제성도 당시 압도적이었습니다. 사실 남녀 주인공은 제가 관심 있는 배우들이 전혀 아니라서 보지 않으려고 했어요. 그런데 병자호란이라는 조금은 거친 전쟁 소재들이 등장하는 3, 4회부터 끌려서 보게 되었습니다. 어느 순간 그 스토리에 푹 빠져 있더라고요. 전쟁이라는 쉽지 않은 환경에서 주인공들이 무수한 어려움을 겪는데요. 생존을 다투고 있는 상황에서 사랑이 이루어질 듯 말듯 합니다. 전쟁 중 씻지 못한 꽤제재한 얼굴로 등장했지만, 빛이 났습니다. 전혀 관심 없던 두 배우가 어느 순간에는 제 눈에는 가장 멋있는 존재로 등극했어요. 스토리의 힘은 이처럼 강합니다.

저는 현재 독서와 글쓰기 커뮤니티 리더로 활동하며, 1인 출판사도 운영하고 있습니다. 저의 하루는 새벽 4시에 시작합니다. 5시에는 온라인 새벽 독서실을 열어드린지 2년이 지나가고 있어요. 그 공간에서 함께 책을 읽습니다. 글을 꾸준히 쓰고 하는 이들에게는 글방도 열어 드렸습니다. 공동 저서와 개인 저서 책쓰기 클래스도 진행하고 있습니다. 자주 특강도 열어 무료 지식 나눔을 하며 사람들과 관계도 쌓고 있습니다. 이렇게 온라인 세상에서 다양한 활동을 하며 사람들을 만나고 있는데요. 이렇게 활동할 수 있는 힘과 에너지는 모두 '한 권의 책'으로부터 시작되었습니다.

20대의 저는 극 내향형에, 자존감도 매우 낮았습니다. 요즘 사람들은 자신을 알리려고 그렇게 노력하는데 저는 그 시절엔 그저 보이지 않는 투명 인간으로 살고 싶었습니다. 아무도 저를 알아주지 않았으면 했고요. 그래도 어떤 사명감 같은 것은 있어서 마더 테레사처럼 세상 한 구석에서 봉사하는 삶을 살고 싶었어요. 그러나 진실은 숭고한 사명보다 두려움으로 인해 세상으로부터 거리를 두고자 한 회피와 방어기제였습니다. 그 시절의 저는 저에 대한 믿음, 신뢰가 전혀 없었기 때문입니다.

그러나, 슬프고 우울했던 20대에 우연히 만난 한 권의 책은 저를 구원했습니다. 하나의 책은 또 다른 책으로 인도해 주었고요. 지금도 매일 새로운 책이 저를 구원하고 있습니다. 그렇게 오랜 시간 책을 쌓아가다 보니 무척이나 제가 단단해져 갔습니다. 지금은 읽고 쓰며 책을 만드는 일도 하고 있는데요.

저도 처음에는 누군가의 집에 초대받아 이야기를 듣기만 하는 사람이었습니다. 그러나 이제 제 이야기 집을 지어 누군가를 초대하는 작가가 되었습니다. 아직은 이야기가 빈약해 사람들을 많이 초대하지 못합니다. 그러나 계속 집을 리모델링하고 방도 늘리면서 확장해 가볼 생각입니다. 인풋 없이 아웃풋은 없으며, 계속 아웃풋 하기 위해서는 인풋을 해야 하기에 읽고 쓰기를 강조하며 사람들의 성장을 도우면서 말이에요.

책을 읽고 글을 쓰는 것을 너무 어렵게 생각하지 않았으면 좋겠습니다. 책 한 권이 벽돌 한 장이라고 생각해요. 책 한 권을 읽을 때마다 내 집에 벽돌 한 장 얻는 것이지요. 책 한 권 쓸 때는 누군가의 집에 벽돌 한 장을 보태는 것이고요. 벽돌 한 장을 따로 떼어 놓으면 가치가 안 보이지만, 쌓아가다 보면 세상에 보탬이 될 집 하나가 만들어져 있지 않을까요?

이전에 출간한 책 제목이 《나는 매년 책을 쓰기로 했다》입니다. 외부 강의 일정으로 운전하며 가는 길에 이 책의 제목대로 '그래, 3년째 매년 한 권의 책을 쓰고 있어. 마음먹은 대로 잘하고 있어.', '건강이 허락하는 한 70, 80대까지는 쓸 수 있을 거야.'라고 생각했습니다. 그런데 다시 시간을 계산해 보니, 개인 저서뿐 아니라 공동 저서 여러 권을 출간하기까지 3년이 아니라 2년이 채 되지 않았던 것입니다. 이런 속도대로라면 매년 한 권이 아니라 두 권도 가능하겠다는 생각이 들었습니다.

암튼 매년 책을 내는 권수보다 최소 한 권의 책은 성실히 내기로 다짐하는 마음을 담아서 무모할 수도 있겠지만 그렇게 출간될 책 제목을 지었습니다. 이렇게 꾸준히 책을 쓰며 더 많은 사람을 초대할 수 있는 집을 하나씩 늘려가 보려고 합니다.

체인지 라이터는 (Change writer)는 글쓰기, 책쓰기 클래스를 운영하며 지은 이름입니다. 체인지 라이터는 나와 세상을 바꾸는 집을 지어가는 작가들을 말합니다. 글쓰기를 가르치며 지향하는 저만의 비전을 담은 언어이지요. 저와 함께 글을 짓는 사람들이 이런 마인드를 가지고 글을 쓰고 책을 썼으면 해서요.

글쓰기는 우선 쓰는 과정에서 일차적으로 자신을 바꾸어갑니다. 글을 써 본 사람만 알 것입니다. 완성된 글이 아니더라도 자신을 들여다보며 내 안 깊숙이 들어서 있는 이야기를 하나둘 꺼내다 보면 고구마 줄기처럼 쏟아져 나오는 경험을요. 그렇게 꼭꼭 감추어두었던 이야기, 미처 알아주지 못했던 추억들을 하나씩 꺼내어 펼쳐보고 안아주는 과정에서 치유와 변화를 경험합니다.

그러나 글쓰기는 쓰는 이만을 바꾸지 않습니다. 결국 작고 작은 이야기는 누군가에게 가 닿고 읽는 이를 변화시킵니다. 큰 변화가 아니어도 좋습니다. 처음부터 지나친 욕심은 오히려 화를 부를 수 있어요. 한 사람에게라도 영향을 미친다고 생각하고 그 사람을 위한 글을 써 보세요.

작가는 세상 한가운데 자신만의 집을 지어, 이렇게 초청하는 자임을 잊지 마세요. “제 집에 한번 놀러 오시지 않을래요?”, 그리고 “누군가를 초대할 수 있는 그리고 세상에 조금은 보탬이 될 집을 함께 만들어 가보지 않으실래요?"라고 말입니다.

∞

에필로그

모든 생명에는 다 존재가치가 있습니다

책 한 권을 쓰고 난 후에는 제 책을 거의 거들떠보지 않습니다. 무수한 퇴고에 질려서이기도 하고, 제가 쓴 책이니 내용이 거의 제 안에 들어와 있다고 생각하기 때문입니다. 그러나, 시간이 흘러 들쳐 보면 '이런 문장을 내가 썼나?', '이런 생각을 그때 했었나?' 하는 생각이 들 때가 종종 있습니다.

그때 아니면 쓸 수 없는 문장, 생각들이 있습니다. 그래서 글쓰기는, 그리고 책 쓰기도 되도록 미루지 않는 것이 좋습니다. 열정은 늘 지나가고, 곧 새로운 열정이 도착하기 때문입니다.

오랜 만에 제가 쓴 책을 펼쳐봅니다. 제가 썼지만, 제 것이 아닌 듯한 낯선 문장들 앞에 저도 모르게 녹음기를 켰습니다. 낭독한 녹음 문장을 여러 번 들으면서 제 몸에서 나온 문장들을 다시금 제 몸에 새겨 넣습니다.

“첫 책을 썼다고 해서 특별한 일은 일어나지 않았다.
그러나 그 특별한 일이 가장 먼저 나에게 일어났다.
인생의 한 편을 정리했다는 편안함,
현재에 우뚝 서 있는 듯한 느낌,
미래를 향해 더 전진할 수 있을 것만 같은
희망을 내 손에 쥐었다.
그리고 느껴지는 특별하다는 감각이
내게는 참 오랜만이었다.”

_《나는 매년 책을 쓰기로 했다》 중에서

정여울 작가는 한여름 만원 지하철에서 혼자 낭독한 적이 있다고 합니다. 핸드폰에 저장된 전자책 속에서 아무것이나 열어 소리 내어 읽어보았더니 짜증도 가라앉고 더위도 누그러드는 느낌이 들면서 이상하게 마음이 편안해졌다고 하는데요. 그녀는 글자 하나하나가 나를 토닥이는 부드러운 손길이 되어 지친 영혼을 꼭 안아준다면서 낭독을 꼭 해 보라고 조언합니다.

저 또한 제 책을 낭독하니, 제 몸에서 나온 문장이지만, 어딘가로 돌고 돌았다가 와서 저를 다시 위로하는 느낌입니다. 문장이 저에게 다시 말을 겁니다. ‘그때 그런 마음으로 썼구나….’, ‘그 경험을 다른 이들도 하게 하고 싶어서, 어떤 용기가 생겨서, 책쓰기 과정을 열고 책 출간을 돕고 있구나….’하면서요.

그 특별하다는 감각, 다시 느껴보고 싶어, 이렇게 또 책을 쓰고 있네요. 그 전 책의 제목이 《나는 매년 책을 쓰기로 했다》이기에 의무적으로 쓰고 싶지 않습니다. 잘 쓰든 못 쓰든 쓰기가 그저 삶이었으면 좋겠습니다. 보통 다음 책 목차는 한 권의 책을 출간한 후 바로 기획해 보는데요. 이번 책은 기획과 초고, 퇴고 사이 간격이 조금 멀었습니다. 마무리가 조금 늦은 거죠.

이 책을 마무리를 하는 중에 어딘가에 홀린 듯이 박경리의 《토지》 20권 완독 프로젝트를 기획하게 되었습니다. 제가 사는 원주에 토지문화관이 있지만 그동안 관심을 두지 않았었는데요. 심지어 제가 다니는 교회 바로 옆에 박경리 작가의 원주 옛집, 토지문학공원이 있어 매주 만나는 곳임에도요.

토지 완간 30주년 기념으로 원주에서 몇몇 행사가 이루어지는 가운데, 그제야 토지가 제게 가만히 말을 걸어옵니다. '이번 기회에 마음 잡고 한 번 읽어 보지 그래!'하고요. 몇몇 분들하고 함께 읽으면 서로에게 도움이 될까 싶어 〈토지 완독 프로젝트〉를 열고 함께 읽고 있습니다.

그 전에 몇몇 박경리 관련 영상들을 찾아보았습니다. 박경리 작가님이 살아계실 때, 한 대담에서 진행자가 이런 질문을 했습니다. 어떻게 세속과 단절한 채 50여 년간 글을 써 오실 수 있었고, 26년 동안 쉼 없이 《토지》를 써 올 수 있었는지요. 그녀는 이렇게 대답했어요.

"글쓰기에 반, 나머지 반은 세속적인 것과의 투쟁 반이었다."라고요.

문학의 바탕은 휴머니즘이다.

인간에 대한 애정, 아픔 없이는

인간과 운명에 접근하기 어려울 것 같다.

아무리 부유한 사회라도

진실이 결여되면

인간은 풍요한 그 물질의 일부가 될 뿐

예술은 소멸할 것이다. _고 박경리 작가

원주에서 토지 완간 30주년 기념행사로, 30명의 길동무와 함께, 30km를 걷는 모임에 참여했어요. 박경리 토지문화관에서 출발하여, 원주 옛집 토지문화공원에 도착하는 코스였어요. 폭염이 계속되는 가운데 땀을 뻘뻘 흘리며 걸었습니다. 걸으며 만나는 길동무와도 잠시 대화를 나누었고요. 한 목사님께서 지난 두 달 동안 아프리카 케냐에 봉사를 다녀왔다고 하시면서, 참여한 모든 분에게 케냐의 전통 북 모양의 작은 열쇠고리 하나씩을 선물해 주셨어요.

제가 여쭈었어요.

"케냐가 더 덥나요? 한국이 더 덥나요?"

"여기가 훨씬 습하고 더워요. 케냐에서는 저녁에 전기장판 틀고 잤어요."

기후와 환경 문제. 그로 인한 개인과 국가 간 격차는 커져갑니다. 인간이 주원인이라고 해서 '인간세'라는 말까지 등장한 이 시대에, 기술이 이를 무마시켜 줄까요? 인간세는 2000년대에 생겨난 개념으로 인간이 현재 일어나는 모든 위기의 원인이라는 관점이에요. 산업 혁명을 인류세 시점으로 보며, 1950년대 이후를 인류세 가속화 시기로 봅니다. 지구는 더더욱 신음하지만, 박경리 작가님은 그 2,30년 전에도 외치셨더군요.

"인간과 생명에 대한 애정, 아픔 없이 창조는 없다."라고요. 자신의 글쓰기는 그 사랑. 아픔. 연민에서 나왔다고요. 온 천지가 아프지만. 그래도 여전히 생명이 요동치고 있어 더욱 애잔했습니다.

에세이는 '나'를 쓰는 일입니다. 별 볼 일 없이 살아온 인생 뭐 기록할 것이 있을까 싶지만, 기록하다 보면 별 볼일 있어지지 않을까요. 그런데요. 불완전하고 모나고 아프고 모순 가득한 '나'이지만, 그런 '나'에게도 박경리 작가님이 말한 '생명에는 다 존재가치가 있습니다.'라는 진실이 작용합니다. 늘 행복하고 즐겁고 충만하지만은 않겠지만, 그런 나도 끌어안는다면, '나'에 대한 진한 사랑, 아픔, 연민은 결국 타인으로 이어질 거예요. 나를 사랑하지 않는 이가 타인을 진정으로 사랑할 수 없으니까요. 그래서 에세이 쓰기는 나를 사랑하는 연습이며, 타인을 섬기는 훈련입니다.

에세이 한 번 써 보실래요?

∞

부록

책쓰기의 말들
나에게 에세이 쓰기는 OOO입니다

에세이를 함께 쓰고 책을 출간해 보는 프로젝트를 계속 진행하고 있습니다. 에세이 쓰는 법, 퇴고법에 관해 강의한 후, 초고를 쓰고, 스스로 퇴고하는 과정도 여러 번 거치게 합니다. 그 후에는 원고 첨삭도 도와드리고요. 원하는 책 표지 이미지들을 모아서, 함께 투표도 해 봅니다. 책 출간한 후에는 출간기념회, 서평단 운영, 북토크를 진행하면서 작가로서 경험할 수 있는 책 출간 전 과정을 작게나마 경험해 봅니다.

에세이 책 쓰기 전 과정을 경험해 본 작가들에게 물었습니다.

"당신에게 에세이 쓰기는 무엇인가요?"

몇몇 저자들의 고백을 남겨봅니다.

• 최00 : 저에게 에세이 쓰기는 '자신을 사랑하는 일' 입니다. 글쓰기 전과 후로 나누어 생각해 보았어요. 불과 글을 쓴 지는 1년뿐이 안 되었는데요. 가장 큰 성장은 자신을 사랑하게 된 겁니다. 저에 대해 자세히 들여다보게 되었습니다. 저에 대해 알게 되고, 저을 믿게 되는 시간이었어요. '걱정과 불안은 제 안에서 오게 되구나!'를 깨닫게 되었고, 계속 도전할 힘이 생겼어요.

• 김00 : 저에게 에세이 쓰기는 '일상에 머문 시선' 입니다. 그리고 저에게 책쓰기는 '내 삶의 방향' 입니다.

• 윤00 : 저에게 에세이 쓰기는 '약' 입니다. 치료가 되기도 하고 힘들기도 하고 달기도 하고 쓰기도 합니다. 책쓰기는 '그냥 매년 쓰는 것' 입니다. 매년 공동 저서라도 써 보려고요.

• 이00 : 저에게 에세이 쓰기는 '앨범' 입니다. 의미 있는 순간을 사진으로 남기듯이 의미 있었던 삶의 한 페이지를 앨범처럼 책으로 남겨 놓아야겠어요.

• 진00 : 저에게 에세이 쓰기는 '인생 2막으로 가는 디딤돌' 입니다. 인생 후반 나이에 학력, 경력을 떠나서 더 이상 할 수 있는 일이 많지 않겠지만, 글 쓰는 모습을 상상할 때 행복할 듯합니다.

• 양00 : 저에게 에세이 쓰기는 제가 걸어온 '삶의 기록' 입니다. 바쁘게 분초를 아끼며 숨 가쁘게 살아가지만, 글쓰기 할 때만큼은 잠시 자신을 되돌아보며 깨달음을 기록으로 남기고, 그것이 자양분이 되어서 어제보다는 더 나은 제가 될 수 있는 거 같아요. 그 기록들은 누군가, 그리고 제 아이들이 읽겠지요. 가능한 한 앞으로도 많은 글을 쓰면 좋겠습니다.

• 박00 : 저에게 에세이 쓰기는 '철들기'예요. 글을 쓰면 메타인지가 향상됩니다. 써 놓은 글을 모으고 잘 다듬어서 책으로 만든다는 것은 거울을 보는 것 같아요. 단편적 모습이 아니라 과거와 미래까지 제 안과 밖을 입체적으로 보게 되어 메타인지가 쑥쑥 자라갑니다.

• 주00 : 저에게 에세이 쓰기는 '딸에게 보내는 유서'입니다. 제가 없어도 엄마에게서 지혜를 얻었으면 해요.

• 정00 : 저에게 에세이 쓰기는 '가능성의 씨앗'입니다. 글쓰기도 책쓰기도 첫 도전입니다. 글방에서 씨앗을 심었고요. 꾸준히 글을 쓰면서 열매 맺어보고 싶다고 생각했어요. 글쓰기로 제 인생을 더 풍성하게 만들어 주고 싶어요.

• 장00 : 저에게 에세이 쓰기는 앞으로의 '희망'입니다. 앞으로 어떻게 살고 싶은지를 글로 남겨 놓으면, 삶을 더욱 책임감 있게 살게 됩니다.

• 신00 : 저에게 에세이 쓰기는 '꽃들에게 희망을' 입니다. 《꽃들에게 희망을》이라는 책은 두 마리 애벌레가 겪는 사랑과 희망의 모험을 이야기하고 있는데요. 먼저는 단단한 고치에 들어가야 하는데, 이는 나비가 만들어지고 성장하는 과정입니다. 우리에게 시간이 필요합니다. 글쓰기도 책쓰기도 나비가 되기 위한 고치의 시간입니다. 어떤 나비가 될지 저도 모르겠지만 그런 날을 기다리며 즐겨야겠습니다.

• 이00 : 저에게 에세이 쓰기는 '멀고도 가까운 친구'입니다. 에세이는 제 일상, 즉 '나'를 세상에 꺼내어 놓습니다. 과거의 저를 만나는 시간이었습니다. 저에게 글쓰기는 '멀고도 가까운 친구'입니다.

• 정00 : 저에게 에세이 쓰기는 '거울'입니다. 나를 마주하며 깊이 들여다보는 시간이었습니다. 거울을 보면 점 하나까지도 내 얼굴을 자세히 살펴볼 수 있잖아요. 제 마음을 들여다보고 제가 어떤 사람인지 글을 쓰면

서 알게 되었고, 제 글에 오히려 위로 받았습니다. '내가 이런 것 때문에 힘들었구나.', '이런 것 때문에 좋았구나.'하며 저를 집중적으로 들여다볼 수 있는 시간이었습니다.

• 허00 : 저에게 에세이 쓰기는 '브랜드'입니다. 퍼스널 브랜딩 방법 중에 책쓰기가 효과적이고 확실하고 빠른 길이라 생각합니다.

• 신00 : 저에게 에세이 쓰기는 '다시 시작'입니다. 쓰고 나니 살아온 날이 정리되고, 다른 것도 써 봐야겠다는 생각이 듭니다.

• 이00 : 저에게 에세이 쓰기는 '대화'입니다. 아이에게 남겨주고 싶은 대화입니다.

• 조00 : 저에게 에세이 쓰기는 최고의 아웃풋입니다. 인풋만 많은 편이었는데, 책이라는 결과물이 나와서 너무 좋습니다. 책 출간은 참으로 멋지고 매력적인 거 같아요.

• 윤00 : 저에게 에세이 쓰기란 '인감도장'입니다. 한번 책을 출간한 후에는 다시 무를 수 없습니다. 그 당시 제 생각을 박아 놓는 거잖아요. 첫 글에 '나는 엄마 됨을 후회한다'라고 쓰고 나서 해방감이 엄청났어요. 종지부가 되었습니다. 저에 대한 인식이 정확해지고 죄책감이 정리가 되면서 이 이야기는 더 이상 할 필요가 없겠다는 생각이 들었어요. 기분이 맑아졌어요.

• 박00 : 저에게 에세이 쓰기는 '나침판'입니다. 이전부터 책은 많이 읽었습니다. 3년간 500권 넘게 읽었어요. 그런데 저 자신을 잘 모르겠고, 하고 싶은 것도 잘 모르겠더라고요. 인풋은 있었지만, 아웃풋은 몰랐습니다. 책을 쓰면서 저의 삶, 미래를 내다보면서 이정표를 알게 해 준 책쓰기였어요. 책은 새로운 방향으로 나갈 수 있는 나침판이 되어 주었어요.

• 이00 : 저에게 에세이 쓰기는 '나를 알아가는 과정'입니다. 마흔이 넘

으면서 변하는 몸만 처음에는 생각했어요. 그러다가 제 내면과 정신을 들여다보면서 이전보다 단단해졌구나 하는 생각이 들었어요. 나이 듦이 나쁘지 않다는 생각이 들었습니다. 박완서 작가는 아이 다섯을 키우면서 마흔에 글쓰기를 시작했다고 하는데요. 늦지 않은 시작이라 생각해요. 유명한 베스트셀러 작가는 아니더라도 어느 정도 인지도 있는 작가가 되고 싶어요.

* 위 내용은 책마음 커뮤니티 북토크에서 작가님들의 고백을 거의 그대로 옮겼습니다.

처음 초고를 내밀던 모습과 다르게, 책 출간 이후 작가님들의 고백 한 마디 한 마디가 반짝입니다. 저는 《나는 매년 책을 쓰기로 했다》라는 책에서 이미 이야기했지만요. 저에게 에세이 쓰기는 '수련'입니다. 제가 책 제목으로 선정할 만큼 매년 책을 쓰겠다는 포부를 밝힌 것은 우선, 유명 인사나 베스트 셀러 작가가 되기 위함이 아닙니다. 글을 쓰고 그것을 엮어 책으로 만들어가는 과정은 조금은 고되지만요. 그 과정에서 가장 큰 보상을 얻는 이는 작가 자신이더라고요.

글을 쓰며 제 이야기를 수없이 다듬는 과정에서 '나'라는 사람을 수련합니다. 한 땀 한 땀 바늘을 이어 하나의 옷이 만들어지듯, 한 단어 단어를 이어가는 느린 노동이 나를 성장시킵니다. 100세 시대를 살아야 하는 우리잖아요. 모두 자기를 수련하는 방법 한 가지씩은 가지고 있어야 한다고 생각합니다. 저에게 에세이 쓰기는 '수련'의 도구 중 하나입니다.

여러분에게 글쓰기, 특히 에세이 쓰기는 무엇인가요? 여러분도 대답해 보세요!!